KB074892

아이 없는 부부와 고양이

무레 요코 소설
이소담 옮김

아이 없는 부부와 고양이

알에이치코리아

차례

* 일러두기

본문의 주는 모두 옮긴이가 독자의 이해를 돕기 위해 붙인 것입니다.

1

아이 없는 부부와 고양이

모토코와 쓰요시는 결혼한 지 삼십구 년이 지났는데, 그동안 집에 고양이가 없던 적이 거의 없었다. 두 사람은 대학 동기로, 상대에게 먼저 호감을 품은 쪽은 쓰요시였다. 두 사람은 같은 일본 문학 연구실에서 공부했는데, 항상 모토코 자리 근처에 앉는 아무런 개성도 없는 남학생이 쓰요시였다. 만약 오가는 사람이 많은 역 앞에서,

"비슷한 사람을 찾아보세요."

라는 말을 들으면 한 시간 안에 가뿐히 몇 명쯤은 찾아낼 정도로 지극히 평범한 사람이다. 그 나이대 남자들이란 보

통 여자에게 자기 어필을 강하게 하는 법인데 그런 면도 없었다. 우선 생김새도 평범하고 체형도 살집도 보통, 목소리도 크지 않고 성격도 너무 튀지 않으면서 소극적이지도 않았다. 여학생들이 싫어하지는 않으나 그렇다고 좋아하지도 않는 무난한 남자였다. 이름과 이미지가 정반대여서 뒤에서는 '요와시'라고 불리기도 했다.*

강의를 듣다 보면 점차 자기가 선호하는 자리가 정해지는 법이라서 모토코는 그가 옆자리에 앉아도 신경 쓰지 않았다. 눈이 마주치면 그가,

"안녕."

하고 말을 거는데 무시하면 실례일 테니 모토코도,

"안녕."

하고 인사를 받았다. 그러면 그는 생긋 웃으며 기쁜 표정을 지었다. 두 사람은 다른 도립 고등학교 출신이지만 학군은 같았기에, 그가 전국 방방곡곡에서 모인 여러 학생 중에서 자신에게 친밀감을 느끼는 모양이라고 짐작했다. 모토코

* 쓰요시는 '강함', 요와시는 '약함, 무름'이라는 뜻이다.

로서는 동기에게 건넨 단순한 인사였지만 그에게는 아니었다.

그 사실을 깨달은 것은 강의가 끝나고 쓰요시가 생글생글 웃으며,

"모토코 씨, 영화 보러 안 갈래?"

라고 말을 걸었을 때였다. 당시 남녀가 무리 지어 놀러 다니는 게 유행이어서 모토코도 가벼운 마음으로,

"좋아. 또 누가 가는데?"

하고 되물었다.

"나 혼자인데."

"어? 우리 둘이?"

"응."

그는 여전히 생글생글 웃으며 답했다.

"으음."

모토코는 대답을 망설였다.

"「엑소시스트」랑「정무문」 중에 뭐가 좋아?"

"뭐? 뭐가 좋고 말고를 떠나서 좀 있으면 중간시험이거든?"

"응, 그러니까 기분 전환 겸."

마침 그때 모토코의 친구가 다가왔다.

"그럼 난 갈게."

그렇게 말하며 모토코는 일단 자리를 피했다. 친구에게 그 이야기를 하자,

"요와시, 틀림없이 진심으로 데이트 신청한 거야. 어떻게 할 거니? 갈 거니?"

라고 눈을 반짝이며 물었다.

"보자는 영화가 「엑소시스트」랑 「정무문」이야. 대체 뭘 고르라고?"

그러자 친구가 깔깔깔 웃음을 터트렸다.

"재밌잖아. 스스로는 절대 고르지 않을 만한 영화니까. 마음에 드는 걸로 보러 가지 그래? 걔, 딱히 별로인 구석은 없는 사람이잖아. 죽어도 싫다면 안 되겠지만. 그냥 가보는 정도는 괜찮지 않겠어?"

다음 날, 이마에 '기대'라는 두 글자를 써 붙인 듯한 모습으로 다가오는 그에게, 모토코는 친구에게 떠밀리는 모양새로 대답했다.

"갈래. 「엑소시스트」로."

"알았어. 그럼 자리를 예매해 둘게."

그가 얼굴 가득 웃음꽃을 피웠다.

"어, 그래. 부탁해."

모토코는 그렇게 대답하면서도 약속 당일에 배가 아프면 좋겠다는 생각을 조금 했다.

개봉 첫날, 아쉽게도 모토코는 최고의 컨디션으로 그와 영화관에 나란히 앉아 「엑소시스트」를 봤다. 영화의 유일한 장점이라면 마이크 올드필드가 작곡한 「튜블라 벨Tubular Bells」이 영화 주제곡인 점이었는데, 모토코는 그 노래를 영화관 스피커로 들을 수 있어서 기뻤다. 소녀의 목이 휘리릭 돌아가거나 계단을 엄청난 속도로 스파이더 워킹해서 내려오는 장면을 보면서, 사방에서 '으악' 하고 비명이 터지는 것과 반대로 모토코는 '푸훗' 하고 웃어버렸다. 힐끔 옆을 보니, 쓰요시는 스크린을 응시한 채 숨을 참고 있었다.

'이런 영화를 보며 웃는 여자를 보면 환상이 깨져서 싫어질 게 뻔해.'

모토코는 마음이 편해졌다.

영화가 끝나자 그가 말했다.

"진짜 놀랐어."

어린애처럼 눈을 동그랗게 뜬 얼굴을 보고 모토코는 무심코 웃음이 터져 쉽게 진정하지 못했다.

"그렇게 재미있었어?"

그가 의아한 표정을 지었다.

"응, 다양한 의미로."

"그래? 모토코 씨가 재미있었다면 괜찮지만……."

'그러고 보니 이 사람, 계속 모토코 씨라고 허물없이 부르네. 이름으로 막 부를 정도로 가까운 사이도 아닌데.'*

속으로 생각했지만, 상관없나 싶어서 굳이 따지지 않았다. 그 후, 맥도날드에서 햄버거를 먹고 번화가를 이리저리 돌아다니고, 그가 미리 찾아본 듯한 오래된 목조 커피점에서 커피를 마시며 첫 데이트를 마무리했다. 두 사람이 이용하는 노선이 지나는 터미널 역에 도착했을 때가 오후 네

---

* 일본에서는 가깝지 않은 사이라면 이름이 아니라 보통 성(姓)으로 부른다. 다만 개인차가 있어서 친한 사이여도 이름으로 불리기 싫어하는 사람도 있고, 이름이나 별명을 편하게 불러도 개의치 않는 사람도 있다.

시였다.

"아직 밝으니까 집까지 바래다주지 않아도 돼."

모토코의 말에 그의 표정이 우울해졌다.

"으응, 그래. 그러면 여기에서."

두 사람은 역에서 헤어져 각자 노선의 개찰구로 걸어 갔다.

부모님에게는 그와 만난 걸 말하지 않았다. 아버지 귀에 들어가면 외동딸인 모토코를 빼앗겼다고 언짢아할 게 당연하고, 어머니라면 흥미롭다는 표정을 하고 꼬치꼬치 캐물을 게 뻔했다.

"왜 이렇게 일찍 왔니?"

어머니가 조금 놀라워했다. 여자친구들과 놀 때 모토코는 보통 두 시간 정도 늦게 집에 오곤 했다.

"응, 영화 보고 차만 마셨으니까."

"흠, 왠지 싱겁게 놀았네."

"이제 곧 중간고사잖아."

"아, 그렇구나."

엄마는 전혀 의심하지 않고 앞치마에 손을 닦으며 부엌

으로 갔다. 첫 데이트는 그의 이미지와 마찬가지로 전혀 인
상적이지 않았다. 영화가 재미있었는지 없었는지 물으면야
재미있는 쪽이지만, 악마가 왜 소녀에게 그런 갖가지 기묘
한 행동들을 시키는지 의문이 남았다.

  쓰요시는 또 데이트를 신청했다. 이번에는 모토코에게
보고 싶은 영화를 골라달라고 했다. 생글생글 웃으며 그가
펼친 『피아』*를 보고 모토코가,

  "「스팅」이 좋을까?"

라고 중얼거렸더니 이번에도 그가 예매해 주었다. 이번 영
화는 정말 재미있어서 커피점에서 수다를 떨며 흥분했다.
돌아가는 길, 넓은 공원을 지나 역까지 걸어가는데 그가 갑
자기 걸음을 멈췄다. 도대체 무슨 일인가 하고 모토코가 봤
더니, 수풀 안쪽에 까맣고 하얀 점박이 어미 고양이 한 마
리와 새끼 고양이 한 마리가 보였다.

  "앗."

  그가 반색하며 몸을 굽혔다.

---

* 영화 및 콘서트 정보 등을 정리한 잡지.

"이리 와, 이리 온."

다정하게 말을 걸자, 두 마리가 꼬리를 바짝 세우고 그에게 달려왔다. 어미 고양이를 쓰다듬어주니 새끼 고양이도 어미를 따라 그 옆에 벌러덩 누웠다.

"귀여워라."

그가 작게 탄성을 뱉으며 두 마리의 배를 다정하게 쓰다듬어주었다. 고양이는 키워본 적 없는 모토코도 그 자리에 쪼그려 앉아 조심스럽게 손을 내밀자, 어미 고양이는 '자, 당신도 만져도 돼'라는 듯이 모토코 쪽으로 몸을 돌렸다.

"귀엽다."

반사적으로 두 사람은 얼굴을 마주 보고 웃었다. 둘이서 십 분 정도 쓰다듬어주자, 고양이들은 몸을 일으키고 만족한 표정을 지었다.

"고양이가 있어. 귀엽다."

두 사람과 비슷한 나이로 보이는 커플이 달려오자, 어미 고양이는 황급히 새끼 고양이를 데리고 수풀 속으로 들어갔다.

"에이, 가버렸다."

커플 중 여자가 굉장히 아쉬워했다.

"고양이는 사람을 구분해."

다시 걸음을 옮기며 쓰요시가 조용히 말했다.

"그래? 우리 집은 아버지가 개를 좋아하셔서 개만 키워 봤거든. 그래서 잘 몰라."

"호불호가 강하거든, 고양이는."

"아하, 그럼 고양이가 우리를 좋아한 거네."

"그렇지."

그가 열심히 고개를 끄덕였다.

쓰요시의 집은 부모님이 고양이를 좋아해서 태어났을 때부터 고양이와 지냈다고 한다. 예전에는 임신부가 있는 집에 동물이 있으면 출산에 안 좋은 영향을 준다는 말이 있었다는데, 그의 부모님은 고양이도 가족이라면서 들은 척도 하지 않았고 무사히 그가 태어났다.

"그래서 외동이지만 고양이 형이 있는 거나 마찬가지였어."

쓰요시네 고양이 토라키치는 갓난아기인 그가 잠을 자면 물끄러미 얼굴을 들여다보다가 곁에서 잠을 잤다. 그의

어머니가 그를 재우고 자리를 뜨면서 토라키치에게,

"잘 지켜보고 있어."

라고 부탁하면, 돌아올 때까지 얌전히 기다렸다.

"어려서부터 고양이가 날 귀여워하며 놀아줬으니까 고양이는 은인이야."

모토코는 기쁘게 말하는 그를 바라보며 참 좋은 사람이라고 생각했다. 그가 화를 내거나 다른 사람의 험담을 하거나 목소리를 높여 뭔가 주장하는 모습을 보거나 들은 적이 없었다.

모토코는 그에게 집 전화번호를 알려주지 않았다. 용건이 있으면 학교에서 말하면 되고, 집 전화를 알려줬다가 그가 연락하기라도 하면 부모님이 난리가 날 게 분명했기 때문이다. 데이트 약속 장소나 헤어지는 장소도 변함없이 둘이 탑승하는 노선이 지나는 터미널 역 개찰구였다. 비슷하게 생긴 남자가 하도 많아서 몇 번이나 착각할 정도로 쓰요시는 평범한 사람이었지만, 동물에게도 사람에게도 다정한 면이 모토코에게는 괜찮아 보이기 시작했다.

학교를 졸업하고 각자 취직한 후에도 교제는 이어졌다.

당시에는 여성이 스물세 살이 되면 주변에서 혼담을 가져오는 시대였다. 모토코는 아버지 연줄로 아버지가 다니는 회사의 계열사에 취직했다. 부모님은 딸이 평생 일하리라고 생각하지 않았고, 임시로 회사에 다니는 동안 상대를 찾아 결혼하리라 여겼다. 찾지 못하면 맞선을 보게 하면 된다고 생각했다. 회사 쪽도 생각이 비슷했기에 모토코에게 주어진 업무는 일이라고 하기 어려운 것뿐이었다. 서류를 복사하고, 구멍 뚫린 청구서를 까만 끈으로 묶고, 커피 타는 일 따위여서 모토코가 아니라 누가 해도 전혀 문제없었다.

모토코는 결혼한다면 쓰요시 이외의 상대를 생각할 수 없었지만, 여성의 스물세 살과 남성의 스물세 살은 달랐다. 여성에게 적령기가 있듯이 남성은 서른 살 이후에 결혼하는 게 적절하다는 생각이 지배적이어서, 동갑 남녀의 결혼은 으레 어느 한쪽이 불평을 듣곤 했다. 그도 스물세 살 때는 자신감이 부족해서,

"조금만 더 기다려줄 수 있을까? 아직 월급도 너무 적거든."

이라고 부탁했다.

둘 다 취직한 후로 쓰요시가 모토코의 집에 전화를 걸기 시작하자, 모토코의 부모님은 그를 집에 데려오라고 다그쳤다. 그때마다 모토코는 출장이 잦아 시간이 없는 사람이라고 거짓말하거나 각종 이유를 둘러대 나중으로 미뤘다. 그래도 어떤 사람인지 설명하라고 요구하는 탓에 나이와 다니는 회사, 가족 구성을 말했다.

"부모님과 여동생인 고양이 마메."

"그게 뭔 소리냐?"

아버지는 기막혀했으나 어머니는,

"어머, 여동생이 고양이 마메라고? 어쩜, 귀엽네."

라며 높게 평가했다. 부모님은 당장 결혼하라고 난리였지만 일에 익숙해져야 하는 그에게 압박을 주기 싫었던 모토코가 부모님에게 그를 소개한 것은 스물다섯 살 때였다. 다행히 부모님은 그를 마음에 들어 했는데, 역시,

"사람은 좋은데 특징이 없네."

라는 평이었다.

쓰요시의 부모님은 모토코를 시원시원하고 밝고 활발한 아가씨라며 고양이 마메와 함께 대환영해 주었다. 마메가

모토코의 무릎에 앉자, 어머니가,

"애는 여자 취향이 유난히 까다로워서 자기가 싫어하는 사람 곁에는 절대 안 가요. 마메도 마음에 들었나 봐."
라고 말해주었다. 모토코는 마메가 목을 골골 울리며 자기 무릎 위에 앉아준 것이 제일 기뻤는지도 모른다.

그렇게 두 사람은 스물일곱 살에 결혼했다. 쓰요시는 마메도 같이 데려오려고 했는데, 부모님의 결사반대로 어쩌면 좋을지 고민하던 차에 마침 버려진 흑백 무늬 새끼 고양이를 발견했다. 고양이를 데려와 톤코라고 이름을 짓고, 그 아이와 함께 새로운 집에서 신혼 생활을 시작했다.

"앞으로 아이도 태어날 텐데 고양이를 데려오다니."

모토코의 아버지는 그렇게 말하며 어머니에게 불평했다고 한다. 회사를 그만두고 전업주부가 된 모토코는 매일 톤코와 함께하는 생활이 굉장히 즐거웠다. 개는 익숙하지만 밖에서 키운 터라 동물과 매일 실내에서 살을 맞대며 지낸 경험이 없었다. 쓰요시를 회사에 보내고 빨래를 널러 베란다에 가려고 하면, 보송보송 털이 자란 톤코가 거실에 배를 보인 채로 누워 '만져줘요' 하고 요구한다. 빨래 널기는 집

안일 우선순위 중에서도 상위권인데, 그 모습을 보면 우선 순위가 홀라당 바뀌어 '톤코의 배 쓰다듬기'가 1위를 차지해 버린다. 배를 만지는 걸로 끝나면 좋은데, 고개를 들고 '이제 안아줘요' 하고 동그란 눈으로 바라보면, 귀엽다는 소리를 백만 번쯤 연발해도 부족하다는 감정이 몸 깊숙한 곳에서 북받쳐 올라, 모토코는 톤코를 꼭 끌어안는다. 그러면 톤코는 꾸릉꾸릉 목을 울리는데, 점차 그 소리가 '골골'로 바뀌고 나중에는 그대로 '쿨쿨' 잠든다. 어쩔 수 없이 모토코는 그 자리에 앉아 톤코가 깰 때까지 가만히 안아준다. 한 시간쯤 지나면 톤코가 '으잉?' 하는 표정으로 눈을 가늘게 뜬다. 모토코가,

"있지, 엄마는 집안일을 해야 하거든? 미안하지만 방석에서 잘래?"

하고 방 한쪽에 있는 톤코 전용인 분홍색 작은 방석 위에 내려놓으면 잠기운에 겼는지 그대로 거기에서 잠든다.

그때부터 서둘러 빨래를 널고, 소리를 냈다가 톤코를 깨우면 안 되니까 빗자루로 청소한 후 마른걸레로 바닥을 훔치고, 간단히 몸단장하고 장을 보러 나간다. 낮이 되기 전

에 동네 슈퍼마켓에 갔다가 모르는 아주머니가,

"새댁, 해가 질 때 오면 가격이 더 저렴해지니까 앞으로는 그 시간대에 오는 게 좋아."

라고 알려준 적이 있다. 이후 그 말대로 해가 질 때쯤 갔더니 정말로 같은 상품을 저렴하게 살 수 있었다. 오후 여섯 시 반에는 집에 돌아오는 쓰요시와 함께 저녁을 먹는데, 첫 대화 주제는 언제나 '오늘의 톤코 소식'이다. 그날 만난 사람들 이야기도 나누지만, 문득 정신을 차리면 고양이 이야기로 되돌아가 있었다.

톤코는 분별 있는 아이여서 두 사람이 밥을 먹는 동안에는 얌전히 기다리는데, 다 먹자마자 쓰요시의 무릎 위로 올라온다. 쓰요시는 당연히 헤벌쭉해서는,

"오늘도 착하게 지냈다며?"

라고 말을 걸며 쓰다듬어주는데, 톤코는 무릎 위에서 벌러덩 누웠다 모로도 누웠다 하다가 마지막에는 가슴에 매달려서 잠든다. 그러면 쓰요시는,

"아~, 또 잠들었어~."

하고 기쁘게 중얼거리고는 마치 갓난아기를 대하듯 톤코

를 품에 안고 텔레비전을 본다. 그 사이 모토코는 다 먹은 식기를 설거지하고, 욕조에 물을 받고, 내일 아침밥 준비를 마친다. 톤코가 품에 안기면 아무것도 할 수 없으니 파트너 품에 있을 때 자기 할 일을 해두어야 한다.

오 년이 지나도 두 사람 사이에는 아이가 생기지 않았다. 톤코를 가운데 두고 내 천 자로 자는 게 최고의 행복이었지만, 그런 말을 솔직하게 해봤자 양가 부모님이 이해할 리 없으니 부부는 입을 다물었다. 아이가 생기지 않아도 어쩔 수 없다고 생각했는데, 양가 부모님은,

"고양이만 귀여워하니까 그러지."

"고양이는 노후를 돌봐주지 않아."

라며 집요하게 재촉했다. 모토코의 아버지는 노후를 대비해 모은 돈을 부부의 불임 치료 비용으로 내주겠다는 말까지 꺼냈다.

"그렇게까지 안 해주셔도 돼요."

모토코는 정중하게 거절했고, 양가 부모님의 불평에 '그러게요', '네에'라고 뺀질뺀질 얼버무렸는데, 둘이 있을 때면,

"우리, 부모님을 돌보려고 이 세상에 태어난 건가?"

"부모님을 외면할 생각은 없지만 태어난 순간부터 그걸 기대하면 좀…… 그렇지?"

하고 앞발을 모은 채 곁에 얌전하게 앉은 톤코에게 말을 걸었다. 그러면 톤코는 절묘한 타이밍에

"야옹."

하고 큰 소리로 대답했다. 쓰요시가 가만히 손을 내밀어 끌어안고,

"톤코가 있어 주면 돼."

라고 속삭이면 또,

"야옹."

하고 귀여운 목소리로 울었다.

"똑똑해라."

모토코가 쓰요시 품에 안긴 톤코의 머리를 쓰다듬으면,

"쿠웅."

하고 작게 소리 내며 기쁜 듯이 눈을 감았다. 지금 두 사람은 이렇게 셋이 함께하는 생활로도 넘칠 듯이 행복했다.

결혼하고 십 년 후, 부부는 개축해서 지금도 살고 있는 단독 주택을 구매했다. 이층집이고 작은 마당도 있어서 살

던 빌라보다 공간이 넓어졌는데, 어느 날 밤에 쓰요시가 새끼 고양이 두 마리를 데려왔다.

"톤코가 있는데?"

모토코와 함께 있던 톤코도 이동 가방에 든 새끼 고양이 두 마리에게 흥미를 느꼈는지, 그때까지 들어본 적 없는 울음소리를 내며 안을 들여다보았다.

"집이 넓어졌으니까 괜찮을 거야."

그가 설명했으나 사전에 이야기해 주지 않은 점이 모토코는 조금 불만이었다. 그러나 이동 가방에서 나와 으라차차 기지개를 켠 뒤 꼬리를 바짝 세우고 걷는 새끼 고양이 두 마리를 보자 무심코,

"어머, 귀여워."

하고 반응하고 말았다. 새끼 고양이들 역시 자기들이 귀엽다는 걸 잘 아는지 모토코를 향해 앞발을 쑥 내밀었는데 그 모습이 마치,

"모쪼록 잘 부탁드립니다."

라고 인사하는 것 같았다.

쓰요시의 회사 사람이 상자에 담긴 새끼 고양이 두 마리

를 주위 몰래 돌봤는데, 동물을 키울 수 없는 아파트여서 곤란하다는 이야기를 듣고 쓰요시가,

"그럼 내가 데려갈게요."

하고는 곧바로 데려온 것이었다.

"줄무늬가 스케, 흰 바탕에 줄무늬 얼룩이 가쿠야."

"이름까지 정했어? 스케 씨랑 가쿠 씨 같아서 별론데? 좀 더 귀여운 이름을……."*

"벌써 정했는걸. 그렇지, 가쿠?"

그러자 가쿠가,

"먀앙."

하고 크게 울었다.

"어머."

모토코는 '어머'라는 말밖에 안 나왔다. 톤코가 걱정이었는데 열 살이 된 톤코는 두 마리 새끼 고양이에게 곁을 내주었고, 새끼 고양이도 애교가 넘쳐서 금방 친해졌다.

---

* 도쿠가와 이에야스의 손자이자 제2대 미토 번주인 미토 코몬(본명은 도쿠가와 미쓰쿠니)을 모시는 두 가신 사사키 스케사부로와 아쓰미 가쿠노신의 별명이다. 미토 코몬이 이 두 가신을 거느리고 다니며 백성을 구했다는 이야기가 전해진다.

새끼 고양이가 온 후로 톤코는 태도가 달라져서 '새끼 고양이들의 엄마'처럼 굴었다. 톤코가 예전처럼 애교를 부리지 않으니까 쓰요시는,

"새끼 고양이들에게 톤코를 빼앗겼어."
라고 슬퍼하면서도 이렇게 말했다.

"자기가 돌봐줘야 한다고 생각하나 봐. 서로 안 맞으면 곁에 못 오게 하는 아이도 있대."

"맞아. 톤코는 워낙 착하고 다정하니까."

형제 고양이는 사방을 뛰어다니고 고양이 장난감을 가지고 놀다가 끝내 지치면, 새끼 고양이용 침대에서 찰싹 달라붙어 잠들었다. 그러면 톤코가 다가가 두 마리를 지켜주듯이 곁에서 자거나 교대로 몸을 핥아주었다. 고양이들의 그런 모습을 보기만 해도 부부는 행복해졌다.

두 고양이가 새로운 환경에 익숙해질 때를 기다렸다가 모토코는 낮에 동네 슈퍼마켓에서 아르바이트를 시작했다. 집 대출금을 갚는 데 조금이라도 도움이 되고 싶었는데, 아르바이트 선배 아주머니들이 아이가 없다는 말을 들으면 반드시,

"저런, 쓸쓸하겠어."

하고 안타까워 죽겠다는 표정을 지어 당혹스러웠다. 일하는 곳에도 부모가 있는 셈이다. 그 상황에서 고양이 이야기를 꺼내면 또 이런저런 소리를 들을 것 같아서 일하는 동안은 '아이가 없어서 불쌍한 사람'으로 지냈다. 배 아파 낳은 자기 자식도 귀엽겠지만, 집에 돌아가면 세상 제일 귀여운 아이들이 자신을 기다린다고 생각하니 일하다가도 기운이 마구 솟구쳤다. 모토코나 쓰요시가 현관문을 열면 고양이 세 마리가 나란히 앉아 '어서 오세요'를 해주었다. 그 모습을 볼 때마다 친자식도 이렇게는 안 해주겠다는 생각이 들었다.

톤코는 후배 고양이들을 귀여워하고 돌봐주었으나, 아이들이 잠든 후에는 예전처럼 부부에게 어리광을 부리기 시작했다. 새끼 고양이들을 위해 사랑을 퍼붓느라 자기 몸에서 사랑이 빠져나가는 그 분량만큼 부부에게 어리광을 부려 채우려는 것 같았다. 톤코가,

"야옹."

하고 울면 쓰요시가 쏜살같이 달려가,

"응, 왜 그러니? 안아줘?"

하고 톤코를 안았다. 안기기 전에 톤코는 뒷발로 일어서서 앞발을 굽히고 안아달라는 자세를 취하는데, 쓰요시는 그 모습이 믿을 수 없게 귀엽다며 품에 안은 톤코의 얼굴에 뺨을 비볐다.

"꾸룩꾸룩, 야옹."

톤코도 기뻐했다. 그 모습을 보면 모토코는 왠지 얄미워서 '흥' 하고 토라져 텔레비전을 보곤 했다. 보고는 있으나 화면에 전혀 집중하지 못하고, 헤실거리는 남편을 곁눈질하며 '도대체 머릿속에 뭐가 들었을까?' 하고 어이없어했다. 한편으로 질투의 대상이 톤코가 아니라 남편이라니 아내로서 문제인가 싶기도 했다.

"자, 목욕할 시간이야."

톤코와 함께 목욕하고 싶어 하는 남편을 재촉해 욕실로 들여보내면, 그때부터는 모토코와 톤코의 시간이다. 고양이 나름대로 생각이 있는지 톤코는 부부에게 공평하게 어리광을 부렸다. 이 자그마한 머리통을 열심히 굴린다고 생각하면 점점 더 사랑스러웠다.

"톤코는 왜 이렇게 귀엽니?"

끌어안고 말을 걸면, 톤코는 눈을 깜박이며 부끄러운 표정을 지었다.

"아이고, 귀여워라, 귀여워라."

속삭이며 안은 팔을 둥실둥실 흔들면,

"우냥."

하고 조용히 울며 구부린 앞발로 얼굴을 문질렀다. 몸 어디를 봐도 귀엽지 않은 곳이 한 군데도 없다.

톤코를 안고서 고양이 침대에 누운 형제 고양이를 보면, 아이들은 겹쳐 쌓은 떡처럼 잠들어 있다. 스케의 목덜미에 가쿠가 머리를 올린 채 자고 있어서 스케가 질식하면 어쩌나 걱정했는데, 그러진 않나 보다. 때때로 눈을 감은 채 앞발을 뻗어 꾹꾹이를 하거나 벌러덩 천장을 보며 눕는다. 두 마리가 제각각 그런 자세를 취하니까 이내 복잡하게 뒤엉킨 모습으로 자게 된다. 쓰요시는 그런 모습을 촬영하고 잔뜩 인화해서 틈만 나면 들여다보며 기쁨을 반추했다.

결혼하고 십사 년이 지나도 부부 사이에 아이가 생길 낌새는 없었다. 그러나 양가 부모님은 결혼하고 십 년이나 이십 년이 지나서 갑자기 아이가 생기는 부부도 있다고, 본인들의 기대를 담아 잔소리했다.

"이쯤 됐으니 슬슬 포기하시면 좋겠네."

부부는 톤코, 스케, 가쿠와 식탁에 둘러앉아 손주에 집착하는 부모님들이 그만 포기해 주면 좋겠다고 말하며 한숨을 쉬었다.

"이 아이들이 손주나 마찬가지니까 귀여워해 주면 될 텐데."

"손주 대신은 못 되지. 부모님들께 고양이는 그냥 고양이니까."

모토코가 젓가락질을 멈추고 말했다.

"이렇게 귀여운데 말이야, 참 큰일이네."

쓰요시는 세 마리의 얼굴을 교대로 바라보았다. 스케가 큰 소리로,

"야옹."

하고 대답했다.

"그렇지, 그렇지? 이렇게 귀여우니까 더 많이 귀여워해 줘야 해."

쓰요시는 연신 고개를 끄덕였다.

아무리 귀여운 고양이라도 살아 있는 생명인 이상 작별할 때가 온다. 톤코는 열여섯 살이 되자 기운을 잃었다. 일 년 전, 쓰요시 본가의 마메가 죽었는데 쓰요시가 예상보다 크게 오열하는 바람에 나름대로 슬퍼하던 부모님도 깜짝 놀랐다. 톤코는 동물 병원에서 신장 수치가 나쁘다는 진단을 받았고, 이후 식욕도 잃고는 자꾸 누워 있으려고만 했다. 모토코는 톤코에게 조금이라도 영양을 공급해 주기 위해서 수액을 맞추려고 병원에 데리고 다녔다. 몸이 점점 마르고 시들어가는 톤코와 달리 여섯 살이 된 형제 고양이는 몸도 무럭무럭 자라 늠름한 수컷으로 성장했다. 새끼 고양이일 때는 톤코가 형제를 돌보았는데, 이제는 반대로 형제가 톤코를 다독였다. 톤코가 애용하는 분홍색 낡은 방석 위에 누워 있으면 몸을 핥아주었다. 그래도 톤코는 일어나지 않고 가만히 있었다.

열여섯 살이 되고 반년 후, 톤코는 잠드는 것처럼 떠났다. 부부는 톤코를 번갈아 안으며 이렇게 울어도 되나 싶을 정도로 눈물을 흘렸다. 형제도 사정을 알아차렸는지 평소

보다 훨씬 얌전하게 굴었고, 때때로,

"와옹."

하고 소리 높여 울었다.

"왜 겨우 십오 년, 십육 년 만에 떠나는 건데. 오십 년, 육십 년 살아주면 좋을 텐데."

쓰요시는 끝없이 울었다. 모토코는 아무 말도 할 수 없었다. 상자에 꽃을 잔뜩 깔고, 더는 움직이지 않는 톤코를 눕혀 반려동물 장례식장에서 화장했다.

"다녀왔어."

뼈를 보여주자 형제는 또,

"와옹."

하고 크게 울었다.

"내일 출근하기 싫다."

쓰요시가 퉁퉁 부은 눈으로 말했다.

"안 가면 안 되지. 나도 일하러 가는데."

"경조사 휴가를 못 쓰나?"

"그게 되겠어?"

침울한 표정으로 고개를 끄덕인 그는 또 손바닥으로 눈

물을 훔쳤다.

　모토코는 낙담한 쓰요시를 어르고 달래 회사에 보냈다. 쓰요시보다 슬프면 슬펐지 못하지 않다. 그러나 축 가라앉은 그를 보면, 자신까지 우울해하면 안 된다는 생각이 강해졌다. 일하는 동안에는 잊을 수 있었으나, 집에 돌아와 문을 열면 현관에 앉아 반겨주는 마릿수가 부족해서 '아아, 정말 떠났구나……' 하고 현실을 재확인하게 돼 두 눈에 눈물이 촉촉이 맺혔다. 그러나 식욕 왕성한 형제가 '밥, 밥 주세요!' 하고 입을 모아 외치니까 서둘러 밥을 챙겨야 한다. 기다렸다는 듯이 접시에 코를 박는 형제를 바라보며 이 아이들이 있는데 계속 슬퍼할 수만은 없다고 되뇌었다.

　쓰요시는 아무리 시간이 흘러도 울적했다. 그날도 쓰요시는 회사에서 돌아와서, 낮에 동료와 점심을 먹던 중에 키우는 동물 이야기가 나와서 톤코 이야기를 했다가 눈물이 주르륵 쏟아지는 바람에 다들 깜짝 놀랐다고 말했다. 그런 이야기를 하며 저녁을 먹다가 또 눈물을 글썽였다.

　"밥 먹을 때는 좀 안 울면 안 될까?"

　또 요와시가 된 그에게 모토코가 차분하게 말했다. 그는

코를 훌쩍이며,

"그렇지, 그런데 톤코를 생각하면 나도 모르게……. 정말 귀여웠잖아. 그런 아이가 떠났어."
라고 말했다.

"그건 그렇지만 우리가 뭘 어떻게 할 수 없잖아. 많이 울어서 돌아와 준다면 얼마든지 울 수 있지만 그렇지 않으니까……."

그렇게 말하는 모토코의 목소리도 눈물에 젖었다. 직장에서 베테랑이 된 모토코는 최근 아르바이트로 들어온, 역시 고양이를 좋아하는 여성과 쉬는 시간에 차를 마시며 무지개다리를 건넌 톤코 이야기를 했다. 그러자 그도,

"이해해요. 저도 오 년 전에 고양이를 떠나보냈거든요."
라고 말하며 눈꼬리에 눈물을 방울방울 매달았다. 그는 고양이가 떠난 후로 너무 슬퍼서 동네에서 '고양이 할머니'라고 불리는 여성에게 면식이 거의 없는데도 말을 걸었다고 했다. 그 여성은 오래되고 넓은 부지에 혼자 살면서 언제나 열 마리 이상의 고양이를 보호하고 돌봤다. 이 사람이라면 자기 심정을 이해해 주리라 믿고 울먹이며 털어놓자, 고양

이 할머니는,

"동물은 인간만큼 생사를 깊이 생각하며 살지 않아. 물론 그 아이들도 기뻐하고 슬퍼하지만, 죽음에 한해서는 담백해. 인간이 너무 슬퍼하면 떠난 동물들이 곤란하니까 살아 있는 동안 행복했던 기억을 많이 떠올리는 게 좋아."
라고 충고했다.

"동물을 새로 들이면 떠난 아이에게 미안한 기분이 들겠지만, 매일 한탄하고 슬퍼하기보다 그 아이에게 해준 만큼 새로운 아이를 사랑해 주는 편이 좋아. 그래야 떠난 아이도 기쁠 거야."

이어서,

"한번 인연을 맺은 동물과는 평생 인연이 이어진다고 하니까, 새로운 인연이 생기면 떠난 아이가 돌아왔다고 생각하고 또 사랑해 주면 돼."
라고 격려해 주었다고 한다.

"그렇구나."

모토코는 고개를 연신 끄덕였다. 톤코는 남편 쓰요시가 찍은 사진만 남기고 이 세상에서 사라졌지만, 이상하게 방

에 있는 것 같은 기척을 느낄 때가 있다. 쓰요시에게 말하면,

"그야 당연하지."

라며 또 울먹일 테니까 잠자코 있었지만, 문득 기척을 느꼈을 때 형제 고양이를 살피면 자다가도 벌떡 일어나 두 마리가 함께 두리번거리다가 꼬리를 바짝 세우고 뛰어다녔다. 모토코가 뒤를 쫓아가 봤는데, 방에서 한 마리가 더 있는 듯한 모습으로 쫓기 놀이를 하고 있었다. 그때 '역시 그렇구나' 싶어 기뻤다. 한편으로는, 기척은 있는데 보이지 않으니까 슬펐다. 마지막에는 형제가 방 위쪽을 물끄러미 바라보다가 쫓기 놀이를 마치고 자기들 침대로 돌아가 다시 잠들었다. 모토코는 톤코가 잠깐 놀려고 왔다가 천국에 돌아갔나 보다 생각했다. 쓰요시는 밥을 먹을 때도 무릎 위에 톤코가 있다면서 자세를 흐트러뜨리지 않았다. 처음에는 '이 사람, 괜찮나?' 하고 걱정했는데, 그도 나름대로 톤코의 존재를 느꼈는지도 모른다.

모토코가 일을 마치고 돌아와 쓰요시에게 아르바이트 후배에게 들은 이야기를 하자,

"그렇구나. 저세상에 있는 톤코에게 정신적인 부담을 주

면 안 되지."

라며 심각해졌다. 너무 슬퍼하면 톤코가 곤란하다고 강조하자 그는,

"그럴 수도 있겠어. 아무리 울어도 톤코는 눈에 안 보이는 모습으로만 돌아올 수 있으니까."

라고 대답하고 깊이 생각에 잠겼다. 이 정도로 심각한 얼굴은 처음 봤다. 분명 회사에서도 이런 표정은 짓지 않을 테지.

어느 날, 생선 매대의 책임자가 조리장 구석에서 모토코에게 손짓했다. 무슨 일인가 싶어 다가갔더니 무언가 담긴 비닐봉지를 건네주었다.

"이거, 고양이한테 가져다줘."

봉지에 참치회 자투리가 조금 담겨 있었다.

"고양이 키우지? 회를 포장하다가 조금 나온 거야. 나도 고양이를 좋아하거든."

"우리 아이들은 형제인데 식탐이 대단해요. 좋아할 거예요. 고맙습니다."

자기 것보다 고양이의 것을 받으면 훨씬 기쁘다. 부모란

자기가 받는 것보다 자식이 무언가 받을 때 더 기쁜 법이다.

퇴근 시간까지 여유가 있어서 화장실에 다녀오면서 사원 휴게실에 들렀다. 휴게실에는 사원이 자유롭게 써도 되는 냉장고가 있었다.

"응? 무슨 일이야?"

다리를 꼬고 담배를 비스듬히 문 채 쉬던 아르바이트 선배가 말을 걸었다.

"우리 고양이가 자투리 회를 선물 받았거든요."

찢어지거나 래핑하다가 실수한 포장지를 쌓아둔 상자에서 한 장을 꺼내 비닐봉지를 감싸고, 이름을 적어 냉장고에 넣었다.

"그거 잘됐네. 고양이용으로 그런 걸 팔면 잘 팔릴지도 모르겠다."

"그러게요. 우리가 따로 회를 사지 않는 한은 고양이들도 못 먹으니까요."

"그래도 요즘 고양이들은 팔자 한번 좋아. 반려동물 사료 매대가 점점 커져서 지하에 있는 사람용 통조림 매대보다 더 넓어졌잖아."

"정말 그래요."

"아주 멍멍이님, 야옹이님이라니까. 그래도 역시 귀엽지."

선배가 방긋 웃었다.

"네, 그렇죠."

"오래전에 뒤를 졸졸 따라온 고양이를 키운 적이 있는데, 오 년쯤 같이 살았나. 걔가 죽을 때 너무 슬프더라. 다시는 동물을 못 키우겠다고 생각했어. 지금도 생각하면 눈물이 나."

선배는 잠깐 말을 멈추더니 검지로 눈물을 훔쳤다.

"정말 그래요. 우리 집도 얼마 전에 고양이가 떠났어요."

"세상에, 명복을 빌어. 그래도 다른 아이가 있지?"

"맞아요, 활기찬 형제요."

"잘됐네. 많이 귀여워해 줘."

"네."

인사하고 매장으로 돌아가려는데, 선배가,

"생선 아저씨, 괜찮은 면도 있네."

하고 혼잣말처럼 중얼거렸다.

해 질 무렵, 일을 마치고 돌아오자 늘 그렇듯이 자고 있던 형제가 기지개를 쭉 켜며 마중을 나왔다. 평소에는 모토코의 얼굴을 바라보며 두 마리가 입을 모아 '야옹!' 하고 활기차게 인사하는데, 지금 형제의 눈은 모토코의 장바구니에 쏠렸다.

'어라, 알아차렸나 봐?'

부엌에 들어가자, 두 마리가 종종걸음으로 쫓아 왔다. 모토코를 올려다보며,

"야오옹, 야아옹, 야오오옹."

하고 큰 소리로 졸라댔다. 장바구니에서 물건을 꺼내 냉장고에 넣는 일거수일투족을 일일이 눈으로 좇으며 자꾸만 울었다. 포장지로 싼 자투리 회가 등장하자,

"우오오옹, 우오오오옹!"

하고 한층 더 난리를 치며 뒷발로 서서 모토코에게 매달렸다.

"앗, 잠깐 기다려, 잠깐 기다리라니까. 얘가, 발톱 세우지 마. 아아, 또 스타킹이 찢어졌잖아!"

형제는 완전히 흥분해서 이번에는,

"우아옹, 우아옹."

하고 울며 모토코 주위를 빙글빙글 돌기 시작했다.

"알았다니까. 자, 이거 먹고 있어."

모토코가 찬장에서 고양이용 간식을 꺼내 그릇에 담아 주자 형제는 각자 그릇에 코를 박고 순식간에 먹어 치웠다. 그러나 금세 모토코의 얼굴을 응시하며 '이게 아니거든요'라는 표정을 지었다. 모토코는 순간 당황했으나,

"나중에 아빠랑 같이 밥 먹을 때 줄게. 그때까지 참아 줘."
라고 타일러, 의심 가득한 눈초리로 바라보는 흥분한 형제를 진정시켰다. 모토코는 저녁을 준비하면서 역시 고양이는 만만치 않다며 고개를 저었다.

쓰요시가 돌아오자, 형제는 평소보다 더욱 흥분했다. 사정을 모르는 그는,

"왠지 평소보다 더 좋아하는데?"
하고 기뻐했다.

"아빠가 안 오면 맛있는 걸 못 먹으니까 그래."

모토코가 말하며 저녁 반찬을 식탁에 차렸다. 쓰요시도 도우면서,

"맛있는 거 먹을 거야? 좋겠다."

하고 형제에게 말을 걸었으나, 고양이들은 쓰요시를 거들 떠보지도 않고 모토코만 바라보며 와옹와옹 울었다.

"알았어, 조금만 기다려."

자투리 회를 다섯 등분해 하나를 선반 위 톤코의 사진 앞에 놓았다. 이제 형제는 아주 난리가 났다. 나머지를 두 개씩 그릇에 담아,

"오래 기다렸지. 먹으렴."

하고 바닥에 놓아주려고 했는데, 내려놓기도 전에 달려들었다.

"우오옹, 우오옹, 우오옹."

두 마리는 소리까지 내며 엄청난 기세로 먹어 치웠다.

"참치회네? 부럽다. 어라, 인간 건 없어?"

쓰요시가 앞에 놓인 반찬을 확인했다. 모토코가 낮에 있었던 일을 말해주었다.

"인간 건 없습니다. 오늘 23일이잖아. 지갑이 얇아져서 그럴 여유가 없어. 월급이 나오면 그때 생각해 보겠습니다."

확실하게 선언하자 쓰요시는 순순히,

"알겠습니다."

라고 나직하게 대답하고는 젓가락을 들었다. 형제는 만족스러운 듯 앞발로 얼굴을 비비더니 늘 먹는 건사료와 캔까지 먹고 자기들 침대로 이동해 잠들었다. 톤코에게 줬던 회도 모토코와 쓰요시가 잠들기 전에 형제에게 나눠주었더니 꼬리를 바짝 세우고 기뻐서 어쩔 줄 몰라 했다. 월급날에는 인간용으로 참치와 도미회 두 품목을 사서 형제에게도 나눠줬는데, 형제는 눈을 동그랗게 뜨고 환성을 질렀다.

모토코가 일하는 곳은 아르바이트를 포함한 사원 전원이 갖는 회식이 딱히 없어서, 사람들이 나누는 소문으로 다른 담당의 인물 됨됨이를 전해 듣곤 했다.

"사실 그 사람도 고양이를 좋아해."

쉬는 시간에는 늘 담배를 피우는 아르바이트 선배가 많은 이야기를 들려주었다. 매번 고양이 무늬가 새겨진 옷을 입고 다니는 여성이야 당연히 그런 줄 알았지만, 일에 엄격하고 표정이 늘 딱딱한 플로어장이나 말수 적고 묵묵히 상품을 진열하는 베테랑 남성 아르바이트가 고양이를 좋아한다는 건 의외였다. 모토코는 갑자기 그들에게 친밀감을 느꼈다. 지금까지는 얼굴을 마주치면 고갯짓을 하거나 간단히 인사만 주고받았는데, 앞으로는 잠깐 대화를 나눌 수 있을 것 같아서 기뻤다. 반면에 겉으로 보기에는 다정한 의류 매대 담당인 남성 사원이 개나 고양이를 끔찍하게 싫어해서, 지금까지 몇 마리나 보호소에 신고했다는 이야기를 듣고는 그가 싫어졌다.

"못돼 먹었지. 나도 그놈이 당연하다는 듯이 그런 소리를 하는 걸 듣고 정말 열받았어. 개나 고양이도 우리와 마찬가지로 살아갈 권리가 있다고 호통을 쳐줬어. 그랬더니 '개나 고양이는 어차피 축생이잖아요'라지 뭐야? 그런 인간은 딱 질색이야. 도대체 가정 교육을 어떻게 받은 거람."

선배가 눈물을 글썽였다. 이야기를 들은 모토코도 속상해서 눈물을 흘리며 외쳤다.

"저주를 퍼부어 주겠어요!"

너무 화가 나서 퇴근한 쓰요시에게도 말했더니 용서 못한다며 그로서는 드물게 화를 냈다. 이후로 의류 매대에서 그와 마주치면 어쩔 수 없이 인사를 건네지만, 그러지 않을 때면 그의 등 뒤에서 '부디 나쁜 일이 생기기를……' 하고 마음을 담아 저주했다. 저주가 통했는지, 한 달쯤 지나 그는 상품이 든 상자를 안고 계단을 내려가다가 발을 잘못 디뎌 인대를 다쳤다. 조금은 속이 후련했으나 아직 한참 부족하다고 여겨 계속해서 저주를 보내자, 반년 후에는 자전거 뺑소니 사고를 당해 병원에 들락거렸다. 이쯤 되니 더 하면 큰일 나겠다 싶어 저주는 그만두고, 그가 보지 않는 곳에서 노려보기만 했다. 그래도 모토코의 분노 파워가 강했는지, 반찬 매대에서 조리를 돕다가 튀김 기름에 데고, 창고에서 짐을 정리하다가 찬장 모서리에 머리를 박아 세 바늘을 꿰매는 등 그는 툭하면 다쳤다.

"저주가 통했네."

담배 휴식 중인 선배가 목소리를 낮춰 속삭이고 키득키득 웃었다. 개와 고양이들의 목숨을 빼앗은 점을 생각하면 이 정도로는 부족하다고, 모토코는 분개했다.

형제 고양이는 둘이 같이 놀고 밥 쟁탈전을 벌이면서, 많이 먹고 자며 무럭무럭 자랐다. 형제가 어릴 때는 혼자서도 두 팔로 각각 안을 수 있었는데, 한 마리가 6킬로그램을 넘자 도저히 혼자서는 안을 수 없어서 부부가 한 마리씩 안고 텔레비전을 보곤 했다. 처음에는 같이 텔레비전을 보지만, 형제는 곧 무릎 위에 누워 배를 만지라고 요구한다.

"그래, 알았어."

부부가 각자 무릎 위의 고양이를 쓰다듬어주면 얼마 지나지 않아 두 앞발로 얼굴을 가린 자세로 잠드는데, 그러면 몸무게는 똑같을 텐데도 무릎에 훨씬 더 무게가 더해진다. 그래도 부부는 그 무게감이 기뻐서 이런 대화를 나눴다.

"가쿠, 입을 반쯤 헤벌리고 자네."

"스케는 입을 우물거리네? 뭐 맛있는 걸 먹는 꿈을 꾸나 봐."

그런 부부에게 양가 부모님은 기가 막힌다는 시선을 보냈다. 나중에는,

"그렇게 귀여워하니까 만에 하나 안 좋은 일이 생기면 고양이들이 너희 임종을 돌봐주겠구나."

라고 핀잔을 주었다.

오십 살을 앞두고 쓰요시는 부장에 발탁됐다. 인원이 많은 회사여서 중요한 직책에 오르는 게 쉬운 일이 아닌데, 애초에 쓰요시는 승진을 바라는 사람이 아니었다. 사내 소문에 무관심했던 쓰요시가 부장이 되자 본인이 제일 놀랐다.

쓰요시의 부모님은 아들의 성실함이 빛을 봤다고 기뻐했고, 모토코의 부모님도 남자 보는 눈이 있다며 딸을 칭찬했다.

"큰 책임을 맡게 됐어. 아빠, 열심히 할게."

쓰요시는 그렇게 속삭이며 고양이와 함께 뒹굴뒹굴했다.

승진 인사와 감사 인사 등으로 분주할 때, 가쿠가 식욕을 잃었다. 털은 푸석푸석해졌고 우는 소리에도 기운이 없었다. 매일 아침, 쓰요시는 지금까지보다 조금은 더 말쑥하게 와이셔츠를 입은 차림으로,

"가쿠, 건강하게 있어야 한다?"

라고 말하며 가쿠의 머리를 쓰다듬고 안아준 뒤에 재킷을 걸치고 출근했다. 쓰요시의 옷에 가쿠의 털이 달라붙으니까 모토코가,

"털고 가지?"

하고 양복용 브러시를 주면,

"아니야, 와이셔츠에 붙은 정도는 괜찮아."

하며 손으로 대충 털고 집을 나섰다.

모토코는 일을 쉬고 매일 동물 병원에 다니며 가쿠에게

수액을 맞췄다. 이동 가방에 들어간 가쿠의 몸은 날마다 가벼워졌다. 스케도 걱정인지, 누워 있는 가쿠 곁에서 떨어지지 않고 정수리를 핥아주었다. 그러면 가쿠는 기쁜 듯이 눈을 가늘게 뜨고 스케의 얼굴을 핥아주었다. 그런 모습을 지켜보고 있으면 모토코는 눈물이 차올랐다.

"스케, 가쿠한테 기운 차리고 밥도 많이 먹으라고 말해줘."

얼마 전까지만 해도 항상 농구공 두 개가 집 안을 통통 뛰어다니는 것 같았는데, 이제 집 안 공기는 곧 더워지는 계절인데도 서늘했다.

7월 말, 가쿠가 무지개다리를 건넜다. 쓰요시와 모토코가 밤새 곁을 지키며 몸을 문질러주었으나, 늦은 밤 쓰요시의 품 안에서 조용히 숨을 거뒀다. 가쿠의 약해지는 몸을 쭉 지켜보며 각오는 했지만, 톤코의 죽음을 경험한 뒤인데도 전혀 익숙해지지 않았다. 쓰요시는 연신 가쿠의 이름을 불렀다.

"스케랑 가쿠는 짝꿍이잖아. 혼자 천국에 가버리면 어떡하니."

시신을 품에 안고 오열했다. 옆에 있던 스케도 잔뜩 풀이 죽었다.

"이럴 줄 알았으면 부장이 되지 말 걸 그랬어. 평사원이라도 좋으니까 가쿠가 오래오래 살아주길 바랐어."

쓰요시는 다음 날 중요한 회의를 앞두고 있었다.

"조금 자. 나는 내일도 쉬어서 괜찮으니까."

모토코가 말을 걸자, 쓰요시는 또 요와시가 됐다.

"회사, 안 가고 싶어."

"또 그런 소리나 하고. 톤코 때도 그랬지. 책임 있는 자리니까 회사에 착실하게 나가야 해."

나도 슬픈데 왜 쓰요시에게 화를 내야 하나 싶어 모토코의 기분도 엉망으로 가라앉았다.

"너무 슬퍼하면 무지개다리를 건넌 아이가 곤란하다는 이야기를 들었잖아. 회사를 쉬면 가쿠가 더 슬퍼할 거야."

"그런가. 가쿠가 슬퍼하면 안 되지."

한참 입을 꾹 다물고 있던 쓰요시는 고개를 끄덕이더니 자겠다고 중얼거리고 침실로 들어갔다.

모토코는 가쿠의 시신을 품에 안은 채 아침을 맞이했다. 스케도 계속 곁을 지켜주었다. 가쿠를 고양이 침대에 눕히

고 아침 준비를 하는데, 잠깐 자고 나온 쓰요시가 가쿠의
몸을 쓰다듬으며 슬퍼했다.

"깨질 않네."

모토코는 묵묵히 양파를 썰었다. 쓰요시는 눈이 퉁퉁 부
은 채 평소처럼 고양이들을 품에 안고,

"아빠 다녀올게."

라고 속삭이고 집을 나섰다. 문득 그의 뒷모습을 봤더니
가방 없는 빈손이라서 모토코가 큰 소리로 불러 세웠다.

일 년 후, 스케도 가쿠를 쫓아가듯이 숨을 거뒀다. 가쿠
때와 마찬가지로 반려동물 장례식장에서 화장해 왔는데,
어쩔 수 없는 일이지만 유골함 세 개가 나란히 놓인 선반
이 눈에 들어오면 부부는 그저 한숨만 나왔다. 그날 쉬는
시간에 모토코는 아르바이트 동료에게 고양이를 보내준
이야기를 했는데, 그로부터 반년 후 고양이 애호 네트워크
의 한 명인 일용품 매대 담당 여성이 새끼 고양이를 주운
사람이 있다며 말을 걸어왔다. 요 반년간 고양이가 단 한
마리도 없는 생활이 이토록 허무할 줄은 상상도 못 했다.
부부만 있는 집은 늘 고요했다. 고양이가 있을 때는 장난을

치거나 싸우거나 야단법석으로 울어서,

"시끄럽잖니."

라고 핀잔을 줬는데, 그런 소란스러움이 사라지자 이렇게
나 쓸쓸할 줄은 미처 몰랐다.

휴대폰 사진을 보자, 새하얗고 귀여운 새끼 고양이가 입
을 벌리고 있었다. 마음이 요동쳤다. 이성적으로 생각하기
전에 입에서 말이 튀어나왔다.

"키울게요."

그러자 그는 곧바로 보호 중인 사람에게 연락해 줬고, 퇴
근하는 시간에 맞춰 오늘 당장 차로 데려오겠다고 했다. 오
늘 당장? 당황했지만 집에 고양이가 온다고 생각하니 눈
앞이 활짝 열리는 기분이 들어 근무 시간이 순식간에 흘러
갔다.

고양이는 새끼 고양이용 사료, 간식, 장난감을 마치 지참
금처럼 가지고 모토코의 집에 왔다. 잠깐이라도 떨어지기
싫은지 미옹미옹 울며 안아달라고 보채는 모습이 너무도
사랑스러웠다. 형제의 이름은 쓰요시가 멋대로 지었으니까
이번에는 모토코가 정하려고 루루라고 지었다. 밤 9시를

넘겨 쓰요시가 돌아왔다.

"어서 와."

모토코가 루루를 품에 안고 맞이하자, 쓰요시가 깜짝 놀란 어린애 같은 표정을 지었다.

"뭐야, 어? 어떻게 된 거야? 귀엽다, 너 어디에서 왔니?"

쓰요시는 구두를 대충 벗어 던지고 가방도 복도에 내팽개치고는 모토코의 팔에서 루루를 빼앗아 안고 거실로 갔다. 모토코가 사정을 설명했다.

"이름은 루루니까 잘 부탁해."

"귀엽다, 진짜 자그마해. 그래, 내가 아빠야."

품에 안긴 루루가 작은 앞발로 쓰요시의 턱을 만지자, 그가 헤벌쭉해서는 뺨을 비볐다. 그날 밤, 쓰요시는 루루를 절대 품에서 놓으려 하지 않았다.

루루는 아름다운 오드아이 고양이로 성장해 쓰요시가 자랑스럽게 여기는 미묘가 됐다. 스케와 가쿠는 부부 중에 밥을 주는 모토코를 더 따랐는데, 루루가 쓰요시를 더 따르는 게 모토코는 영 못마땅했다. 쓰요시도 그걸 알고,

"우리 루루는 아빠를 아주 많이 좋아하지."

하며 품에 안고는 흘끗 모토코의 눈치를 살폈다. 그럴 때면 루루도 흘끗 곁눈질하니까 조금 열받는다.

"루루, 알고 있지? 우리 집에 온 건 엄마가 널 데려온 덕분이야. 잘 알고 있지?"

그렇게 말하면 작게,

"미옹."

하고 울고는 앞발을 쭉 뻗는다. 모토코가 안아주면 골골거리며 몸을 비비니까 사소한 질투심은 싹 사라진다.

"남자애는 단순했는데 여자애는 다양한 기술이 있네."

쓰요시가 감탄하며 말했다. 품에 안긴 루루는 우후훗 하는 표정으로 모토코의 얼굴을 물끄러미 바라보았다.

모처럼 부장으로 승진했는데, 회사에서 조기 퇴직자를 모집한다는 말이 나오자 쓰요시는 번쩍 손을 들어 환갑 전에 회사를 그만두었다. 그 나름대로 생각이 있다고 여겨 모노코는 반대하지 않고 승낙했으나, 그는,

"이제 마음껏 루루랑 같이 있을 수 있어."

라며 매일 같이 루루와 뒹굴뒹굴했다. 그것만으로는 부족했는지 동네 공원에 사는 길고양이를 돌보는 보호 단체 사

람과 친해져서 밥을 챙기고 청소하는 일을 돕기 시작했다.

"나는 일을 그만뒀는데 모토코는 계속 일하는 게 미안하네."

그는 아르바이트를 그만둬도 된다고 말했지만, 모토코는 종일 집에 있는 그와 내내 얼굴을 마주하기 싫어서 계속 일했다.

날마다 일요일이 된 그는 그야말로 고양이 아저씨였다. 모토코가 일을 마치고 돌아오면 '오늘의 루루 소식'은 물론이고, 공원에 사는 길고양이들, 이웃 마을의 작은 다리 밑에 사는 길고양이 일가 소식을 스마트폰 사진과 함께 모토코에게 보고했다. 모토코도 밖에 사는 고양이들의 동향은 마음에 걸려서 보호 단체 사람들이 보호한 고양이의 중성화 수술비나 사료비, 병원비 등에 종종 자금을 대며 하루하루 살아갔다. 쓰요시의 부모님도 건재하고, 모토코의 부모님은 상시 간병인이 있는 시설로 이사했다. 모토코의 아버지는,

"평생을 고양이한테 매달려서는."

하고 기막혀했으나 어머니는,

"고양이 사진, 많이 보내줘야 한다."

하고 즐거워했다.

부부가 나란히 전기 고령자가 되면서 모토코는 아르바이트를 그만뒀다. 담배 휴식 선배는 이미 그만둬서 어느새 모토코가 최고 연장자인 아르바이트 직원이었다.

"고생 많았어."

쓰요시가 모토코 몰래 맛있다는 평판이 자자한 동네 가게에서 퇴직 축하 케이크를 주문해 두었다. 가능하면 외식하고 싶었지만 열여섯 살이 된 루루를 혼자 두고 밖에 나갈 수 없다고 판단했기에 남편이 조리 담당이 되어 오코노미야키로 저녁을 먹었다. 루루는 앞치마를 두른 쓰요시의 무릎 위에서 몸을 동그랗게 말았다.

"우리도 전기 고령자네……."

쓰요시가 한숨을 쉬었다.

"고령자 가족이야. 우리가 올해 예순여섯이고, 루루도 인간으로 치면 여든 살 정도잖아."

"그렇게 되나?"

핫플레이트에서 구워지는 오코노미야키를 주걱으로 뒤

집으며 그가,

"그러네."

를 연발했다.

"부모님도 일단 건강하시니까. 우리 제법 행복한 거네?"

모토코가 엉덩이를 들어 그의 무릎 위에 웅크린 루루를 들여다보며 말했다.

"그러게. 지금은 행복해. 그래도 루루는 우리보다 네 배 속으로 나이를 먹으니까. 또 작별하는 기분을 느껴야 한다고 생각하면 괴로워."

핫플레이트에서 솟구치는 연기 때문일지도 모르나, 쓰요시가 대놓고 눈물을 글썽거렸다. 또 울상을 짓나 싶어 모토코는 냉정해졌다.

"어쩔 수 없는 일이야. 동물을 키웠으면 마지막까지 지켜보는 게 주인의 책임이잖아. 슬픔을 느끼는 것까지 전부 포함해서."

"그거야 그렇지만 역시 슬프잖아. 지금도 루루가 떠날 걸 상상하면 눈물이 나."

그의 눈에서 눈물이 흘렀다. 가슴이 미어지는 것은 모토코도 마찬가지지만 강조해서 말했다.

"짜증 나니까 울지 마. 그건 그거고 이건 이거야. 나는 맛있는 오코노미야키를 먹고 싶어."

"응, 당신이 옳아. 조금 있으면 다 구워질 거야."

그가 주걱으로 뒷면이 익었는지 확인한 그때, 루루가 몸을 일으켜 무릎 위에 얌전하게 앉았다. 하품을 늘어지게 하더니 구워지는 오코노미야키를 말똥말똥 바라보았다.

"어머, 일어났네? 오늘은 루루가 먹을 건 없을 것 같아."

모토코가 말을 걸자, 루루가 코를 벌름거리며 확인했다.

"루루, 오래오래 살아야 한다? 안 그러면 아빠, 슬퍼서 미칠 거야."

쓰요시가 주걱을 내려놓고 루루를 뒤에서 안았다. 모토코가 앞에 앉은 쓰요시를 바라보며 '알았어, 알았으니까 빨리 오코노미야키. 이러다 다 타겠어'라고 마음의 소리를 보냈으나, 쓰요시는 표정 하나 꿈틀하지 않는 루루를 언제까지나 꼭 끌어안고 있었다.

2

홀아비와 멍멍이

고지가 예순 살인 지금 혼자 사는 이유는 쉰다섯 살 때
아내 유리코가 일방적으로 이혼을 요구해서 황혼 이혼을
했기 때문이다. 맞벌이인 아내와는 아무래도 대화가 적긴
했는데, 일하는 아내, 그것도 일에 의욕적이고 능력이 뛰어
난 아내가 있는 가정은 이렇게 되는 법이라고 여겼다. 유리
코는 같은 회사의 이 년 후배였다. 일을 잘해 워낙 평판이
좋았고, 선배인 고지도 일머리를 인정했다. 영어도 능통해
서 외국인 고객이 오면 유리코가 나섰다. 회식 때 옆자리에
앉은 것을 계기로 딱 부러지는 성격에 호감을 느낀 고지가

조심스럽게 교제를 신청하자, 흔쾌히 받아주었다. 그로부터 이 년 후, 유리코는 이 회사에서는 미래가 안 보인다면서 외국계 기업으로 이직했다.

유리코가 서른 살이 되던 해에 두 사람은 결혼했다. 생활을 합치면서 생활비나 기타 등등은 절반씩 하자고 고지가 제안하자, 아내가 이렇게 대답했다.

"내가 당신보다 수입이 좋으니까 비율을 따져서 계산하자."

덕분에 고지가 부담할 돈이 줄어들어 자유롭게 쓸 용돈이 늘어나 내심 기쁘면서도 남자로서 뭔가 떨떠름한 감정이 들었다. 자신의 수입이 아내의 수입을 능가할 날은 올리 없어서 집을 살 때도 그때의 수입 비율에 따라 비용을 댔다.

"지분도 비율에 맞춰서 등기할게."

서류를 보자 아내가 칠, 고지가 삼인 비율이었다. 아내가 회사에서 능력을 인정받아 출셋길을 걷는 줄은 알았으나 이 정도로 수입 격차가 벌어진 줄은 몰랐다.

아이는 고지가 서른여섯 살 때 태어났다. 전부 아내가

주도하는 대로 따랐더니 아들이 태어났다. 아내는 신혼 초
부터,

"아이는 딱 한 명만 낳을 거야."

라고 선언했다. 온갖 고생을 하며 낳는 쪽은 아내이니 괜찮
다고 생각했다. 그런데 아내는 아이 교육에 유독 열성적이
어서 유아 때부터 영어를 가르치는 학원에 등록했고, 그밖
에 지능 발달에 효과가 좋다는 학원에도 아이를 보냈다.

"남자애니까 야산 같은 자연에 뛰놀면서 곤충도 잡고 넘
어지기도 하면서 크는 게 좋지 않을까?"

고지가 말하자 아내는 매서운 표정으로 노려보았다.

"그랬다가는 당신 같은 사람이 될 거 아니야."

더욱더 글로벌 사회가 될 텐데 아들이 영어로 업무 교섭
하나 변변찮게 못 하는 대다수 회사원으로 묻히는 건 견딜
수 없다면서 아내는 고개를 절레절레 저었다. 한 마디 대꾸
하면 백 배가 되어 돌아오니까 고지는 항상 입을 다물 수
밖에 없었다. 게다가 아내는 아들에게 입만 열었다 하면,

"대디처럼 되면 안 된다."

라고 말했다. 아직 초등학교에도 들어가지 않았는데 묘하

게 발음 좋은 영어를 구사하는 아들과 아내의 대화를 옆에서 바라보며 고지는 '뭐가 대디야' 하고 콧김을 풀풀 내뿜었다.

교육 방침이 그랬으니 당연히 유명한 사립 초등학교에 입학시키려고 입시 학원에도 보냈고, 입학시험이 다가오자 아내는 점점 더 귀신 같은 표정을 지었다. 고지는 아내가 작성한 시나리오대로 부모 면접 리허설을 몇 차례나 하면서,

"더 붙임성 있게 웃어야지."

"자세를 똑바로 하고 시원시원하게 말해."

같은 지적을 받았다.

"당신 때문에 애가 떨어지면 부모로서 어떻게 책임을 질 생각이야?"

아내는 끝없이 다그쳤다. 고지는 떨어지면 동네 공립 초등학교에 들어가면 되지 않느냐는 말을 꾹 삼키고 그저 알았다고 대답했다. 아내가 시키는 대로 자세를 똑바로 하고 붙임성 있게 웃고 시원시원하게 질문에 대답하려고 심혈을 기울였고, 그 결과 아들은 무사히 사립 초등학교에 합격했다. 고지는 완전히 지쳐버렸다.

아내와 아들은 거의 일심동체처럼 사이가 좋았고 삶을 추구하는 방식도 일치했다. 퇴근하면서 술집에 들러 한잔 걸치고 오는 고지를 두 사람은 쌀쌀맞은 눈빛으로 바라보았다. 아내는 이탈리안 레스토랑에서 와인에 관한 지식을 그럴싸하게 늘어놓는 남자가 아니면 꼴불견이라고 생각하는 사람이었다. 고지는 글라스 와인을 빙글빙글 돌리거나 냄새를 맡고, 떫은맛이 어쩌니 보릿짚 같은 향이 어쩌니 하는 어처구니없는 소리를 늘어놓는 남자 따위 재수없다고 생각했지만, 굳이 말해봤자 소용없으니 잠자코 있었다.

반론이나 반항 한 번 없이 입 다물고 있었더니, 아들이 고등학교를 졸업하고 외국 대학에 입학이 결정된 것과 동시에 아내가 말했다.

"이제 같이 살기 싫어."

이미 아내에게 애정은 없었고, 아들은 귀여웠지만 자기 인생의 첫걸음을, 그것도 엄마와 한패가 된 인생을 걷기 시작했으니 아버지로서 나설 차례는 없어 보였다. 아들 쪽에서 뭔가 요구한다면 아버지로서 당연히 도와주고 싶었지만, 지금껏 딱히 뭔가 상의한 적도 없으니 관계도 어색했다. 자신이 뭐라고 말을 해봤자 아내의 말발에 질 게 뻔했으니 전부 아내가 하자는 대로 따랐다. 아내는 현재 시세로 계산한 집값의 삼 할을 줄 테니 집에서 나가라고 요구했다. 아내와 괜히 싸워서 기력과 체력을 빼앗기는 일은 피하고 싶었기에 고지는 순순히 따랐다.

지금 빌라에는 오 년 전에 집에서 쫓겨난 이후부터 쭉 살고 있다. 아내에게 받은 자신의 지분을 담보로 삼아 아파트를 살 생각도 했는데, 세상을 떠난 후를 고려하면 임대가 속 편할 것 같아서 살기 편해 보이는 지역을 중점적으로 찾았다. 원래 살던 동네는 차가 있으면 편리한데, 주거 환경을 워낙 철저하게 관리하는 곳이라 걸어서 장을 보러 가고 싶어도 슬리퍼를 질질 끌며 다닐 수 없는 점이 불편했다.

새집을 찾을 때 다소 쓸쓸하긴 했지만 앞으로 원하는 대로 살 수 있다고 생각하니까 마음이 편해졌다. 독신 중년 남성에게 집을 빌려주는 곳이 있는지 부동산에 묻자 소개해 준 곳이 지금 사는 이 집이었다. 세 평과 두 평가량의 방과 두 평에 못 미치는 부엌이 있고, 바닥 전체에 다다미가 깔린 투룸의 오래된 빌라였다. 집주인은 위풍당당한 칠십

홀아비와
멍멍이   68

대 후반의 혼자 사는 여성으로, 빌라 1층에 살았다. 고지가 사는 2층에는 집이 하나 더 있는데, 그 집에는 여든 살을 넘긴 남성이 혼자 살았다.

"자네는 아직 젊으니까 괜찮아도, 옆집 할아범한테는 신경을 써줘야 해."

집주인은 매일 아침 마당에 서서 2층에 대고 할아버지에게 말을 걸었다. 동네 가까이에 대규모 상점가가 있어서 저렴한 반찬 가게와 술집이 많았다. 아내 취향인 꼬부랑 외국어만 주르륵 적힌 가게가 즐비하고 유리창 내부가 훤히 보이는 쇼핑몰이 있는 전 동네보다 훨씬 생활하기 편했다. 주소 변경 신청서를 냈을 때, 회사의 인사 담당자는 고지의 주소가 도심지에서 변두리의 ○○장이라는 낡은 빌라로 바뀐 것을 보고 순간 '!' 하고 놀란 표정을 지었으나 별일 아니라는 듯이 처리해 주었다. 그 후로 사내에서 자신을 보는 시선이 딱히 달라지지 않은 점으로 보아 그 여성 직원은 인사 담당자로서 비밀엄수의무를 충실하게 지켜주었나 보다. 고지는 정년인 예순다섯 살까지 일할 기력이 없어서 예순 살에 퇴직했다.

퇴직하고 반년쯤 지난 어느 날의 해 질 무렵, 고지는 상점가 꼬치구잇집에서 꼬치구이 세트를 사서 공원 벤치에 앉아 저녁놀을 바라보며 캔 맥주를 마셨다. 이 동네에는 '저 사람, 멍하니 있는 게 이상하네. 수상한 사람이 있다고 신고하는 게 좋을까?'라는 눈으로 힐끔거리는 사모님들이 없다. 오히려 모르는 아저씨, 아주머니가,

"아이고, 부럽구면."

하고 말을 건다.

"하하, 고맙습니다."

꾸벅 고개를 숙이면, 그들은 싱글벙글 웃으며 제 갈 길을 갔다. 바람도 솔솔 불어서 분위기가 좋았는데, 그때 옆 수풀에서 바스락거리는 소리가 났다. 뭔가 하고 보니, 검은색과 갈색이 섞인 모색의 비쩍 마른 개가 수풀 사이로 모습을 드러냈다. 꼬리를 살살 흔들며 꼬치구이가 담긴 상자를 빤히 바라보았다.

"왜 그러니, 배가 고프니?"

개에게는 목걸이가 없었다. 고지의 얼굴을 올려다보며 대놓고 '그거 나 주세요'라는 눈빛을 쏘았다.

"꼬치를 빼서 줄게. 잠깐만 있어 보렴."

고지가 다릿살, 가슴살, 간, 염통을 조금씩 나눠주자, 개는 게 눈 감추듯이 먹어 치웠다. 같은 양을 더 줬더니 역시 허겁지겁 먹어 치웠다. 초등학생 시절, 집에서 키우던 잡종 발바리 페스에게 급식을 먹고 남은 빵을 줬던 기억이 났다.

"왜 여기 있니? 혼자 산책 나온 거야?"

고지는 벤치에 앉은 채 주위를 둘러보고, 개에게 말을 걸며 개를 찾는 사람이 없는지 한동안 지켜봤으나, 그런 사람은 보이지 않았다.

"이런, 어쩌면 좋지."

집에 돌아가려는데 개가 고지에게 찰싹 달라붙어 떠나지 않았다. 조금 전과 달리 꼬리도 붕붕 힘차게 친다. 일어나서 돌아가려고 하자, 사뿐한 걸음으로 고지 뒤를 쫓아왔다. 살짝 속도를 높이자 오히려 기뻐하며 뛰어왔다.

'큰일 났네.'

멈춰 서서 내려다보자, 개가 눈을 또랑또랑하게 뜨고 고지를 바라보았다.

"그만 네 집에 가야지. 이러면 내가 유괴범이 되잖니?"

타이르고 돌아가려고 해도, 개는 폴짝폴짝 따라붙어 결국 빌라 앞까지 쫓아왔다.

"어머나, 멍멍이네. 어떻게 된 거야?"

마당을 청소하던 집주인에게 들켰다.

"공원에 있었는데 저를 따라왔어요. 아, 제가 할게요. 이걸 옮기면 되죠?"

고지가 화분을 옮기는 사이, 집주인이 개의 머리를 쓰다듬어주었는데, 개가 발라당 누워서 배를 보여주며 좋아했다.

"아주 귀엽네. 키우지 그래?"

"네? 주인이 있을지도 모르잖아요. 요즘 세상에 들개가 어디 있어요?"

"키우지 못하게 됐다고 목걸이를 벗겨서 내다 버리는 못돼 먹은 인간들이 있어. 이 아이도 목걸이가 없으니까 그럴 가능성이 있지."

"버린 걸까요?"

"그런 것 같은데? 혹시 배고파하지 않았어?"

"그랬어요. 꼬치구이를 정신없이 먹었어요."

"불쌍해라. 틀림없이 버린 거야. 이것도 다 인연이니까 키우지 그래."

"그래도 될까요?"

"그럼. 혹시라도 주인을 찾으면 돌려주면 돼. 이대로 둘 수는 없잖아?"

"하지만 짖을지도 몰라요."

"조금 짖는 거야 어쩔 수 없지. 옆집 할아범은 귀가 잘 안 들리니까 괜찮아."

고지가 '그러고 보니 그랬죠' 하고 대꾸하며 바깥 계단을 올라가려고 하자, 개가 먼저 2층으로 올라가더니 꼬리를 치며 고지가 올라오기를 기다렸다.

"쉴 곳을 제대로 마련해 줘. 목욕 수건을 개켜줘도 되니까. 내일이라도 동물 병원에 데려가서 수의사 선생한테 보여주는 게 좋겠어."

집주인이 속사포로 말했다.

"네, 그렇게 하겠습니다."

현관문을 열자마자 개가 냉큼 안으로 들어가더니, 방 구석구석까지 냄새를 맡으며 빙 둘러보고, 꼬리를 치면서 고지를 올려다보았다. 노크 소리가 들려서 현관문을 열자, 집주인이 대·중·소자의 테두리 높은 식기를 들고 서 있었다.

"이거 멍멍이 걸로 써. 그리고 물도 주고. 그럼 갈게."

고맙다고 인사할 새도 없이 집주인이 돌아갔다.

"그렇지, 물을 못 마셨구나."

얼른 수돗물을 그릇에 담아 놓아주자, 개가 허겁지겁 마셨다.

"목이 말랐구나? 미안하다."

고지가 목덜미를 쓰다듬어주자 개는 그릇에서 고개를 들고 그의 얼굴을 할짝할짝 핥았다.

"그래그래, 많이 마시렴."

물을 다 마신 개는 실내를 한 바퀴 걷더니, 고지의 침실 구석을 쉴 곳으로 정했는지 그곳에 앉아 몸을 둥글게 말았다. 고지가 허둥지둥 벽장에서 홑이불을 꺼내 개켜서 놔주자, 그 위로 옮겨 눈을 감았다. 개 냄새가 심해서 전기포트의 미지근한 물을 따라 낡은 수건을 적셔서 잠든 개의 몸을 닦아주었다. 개는 잠깐 눈을 떴지만 고지가 닦는 대로 얌전히 있었다.

"잠깐 물건 좀 사 올 테니까 얌전히 자고 있어라, 알았지?"

고지는 집을 나와 상점가로 뛰어갔다. 큰일 났네, 큰일 났어. 어쩔 줄 모르면서도 이상하게 웃음이 헤실헤실 나왔다.

먼저 동물 병원의 진료 시간을 확인하고 백 엔 숍에서 리드 줄을 사고, 그 김에 혹시 좋아할지 모르는 강아지용 장난감도 샀다. 다음으로 드러그스토어에 가서 일단 눈에 보이는 개 사료, 그러고 보니 화장실은 어떻게 하나 싶어 배변 패드를 사고 후다닥 돌아왔다. 집에 도착해서 보니 개는 예전부터 이 집에 살았던 것처럼 푹 잠들어 있었다. 어떤 사정으로 공원 수풀에 있었는지는 모르지만, 마음 편하게 잘 상황은 아니었으리라. 잠든 모습을 보니 고지는 도저히 개를 다시 밖으로 쫓아낼 수 없었다. 첫날은 개 옆에 이불을 깔고 잤다.

다음 날 아침, 개가 얼굴을 핥는 바람에 눈을 떴다. 평소 고지가 깨는 시간보다 두 시간이나 일렀다. 소스라치게 놀라 일어났다가 어제 개를 데려온 것을 떠올렸다. 개는 어제와 달리 기운이 왕성해서는 방 안을 뛰어다녔다.

"산책하러 가자고? 조금만 기다리렴."

배변 패드를 쓰지 않은 걸로 미루어 산책하면서 해결하

는 취향인지도 모른다. 그렇다면 오래 기다리게 하기 미안하니 고지는 아직 제대로 돌아가지 않는 머리를 굴려서 비닐봉지에 신문지를 넣고, 백 엔 숍에서 산 리드 줄을 개에게 채우고 집을 나섰다. 개는 리드 줄을 싫어하지도 않고 발랄하게 걸었다. 이따금 확인하는 것처럼 자꾸 뒤를 돌아 고지를 올려다보는 모습이 사랑스러웠다.

산책 루트도 딱히 정하지 않아 개가 가는 대로 따랐다. 근처를 한 바퀴 빙 돌고 공원으로 걸어가더니, 엉거주춤 엉덩이를 낮추고 '앗, 나옵니다'의 상태가 됐다. 고지는 배설물을 받으려고 얼른 신문지를 펼쳤고, 개가 일을 다 보자 잘 싸서 봉지에 넣었다. 개는 뒷발로 영차영차 몇 번 걷어차는 시늉을 한 후, 더욱 활기차게 걸음을 옮겼다.

"잠깐, 잠깐만 좀 기다려."

평소 오래 산책하는 습관이 없어 걷는 데 익숙하지 않은 고지가 옆 벤치에 앉아 한숨 돌리자, 개도 얌전히 옆에 앉았다. 몇 번인가 하품하자, 고지도 점점 정신이 들었다. 앞으로는 매일 이 시간에 일어나야 할 것이다. 조깅하는 사람들이 꽤 있는 그럭저럭 넓은 공원을 한 바퀴 돌고 나서 집으로 돌아왔다.

"오, 어서 와."

빌라 앞 골목을 청소하던 집주인을 보자, 개가 마구 뛰어
가 달라붙었다.

"아이고, 착하구나. 산책하고 왔니? 좋았겠구나. 영리하
네."

두 손으로 몸을 마구 쓰다듬어주자, 개가 뒷발로 일어나
더없이 기뻐했다.

"다른 개와 마주쳐도 짖지 않고 얌전했어요. 그런데 너무
잘 걸으니까 제가 힘드네요."

"건강에 도움이 되겠는데?"

개는 대화를 나누는 집주인과 고지 사이를 꼬리 치면서
바쁘게 왔다 갔다 했다.

"이름은?"

"아, 아직이에요."

"얼른 지어줘야지. 계속 이름 없이 지낼 순 없잖아?"

"어르신이 지어주세요."

"어? 으음, 그러면 란은 어때? 란, 귀엽지? 내가 난초꽃을

좋아하니까 난에서 따와서 란."

"그렇군요. 고맙습니다. 자, 그럼 오늘부터 너는 란이야."

"란, 잘 됐구나. 예쁨 많이 받으렴."

란은 두 사람의 얼굴을 올려다보며 더욱 힘차게 꼬리를 쳤다. 집에 들어가기 전에 발바닥을 닦아줘도 싫어하지 않았다. 한 사람과 한 마리가 밥을 먹은 뒤, 오후에 고지는 란의 몸을 수건으로 닦아주고서 병원에 데려갔다. 서류의 이름을 적는 칸에 고지는 커다란 글자로 '란'이라고 적었다.

수의사의 이야기를 들으니 세 살쯤 된 잡종 암컷이고, 특별히 눈에 띄는 병은 없다고 했다. 그러나 임신했다는 진단은 고지에게는 문제였다.

"그렇다면 수가 늘어난다는 소리네요."

수의사가 순간 멍한 표정을 짓더니 말했다.

"맞습니다. 가능하면 출산을 시키고 그 후에 중성화 수술을 하는 게 좋겠습니다만."

"하아, 네, 그건 그렇죠."

마음이야 그렇게 하고 싶지만, 현실적으로 마릿수가 늘어나는 건 심각한 문제였다. 진찰 중에도 전혀 싫어하는 기

색을 보이지 않고 선생님과 간호사에게도 착하다고 칭찬
받아 신난 란과 달리 고지는 끄응 고민에 잠겨 집에 돌아
왔다. 곤란할 때는 집주인에게 상담하는 게 최고라고 생각
해 털어놓았다.

"세상에, 축하할 일이네. 어차피 많이 낳아봤자 네 마리
나 다섯 마리일 거야. 괜찮아, 내가 책임지고 입양처를 찾
을 테니까. 혹시 못 찾아도 여기서 키우면 되지. 늙은이들
만 있어서 불안한데 마침 잘됐어."

집주인의 말을 듣고 고지는 마음이 정말 편해졌다. 예전
집에 살 때는 곤란한 일이 생겨도 동네 사람에게 상담하는
일은 전혀 없었다.

"귀여운 아이들을 낳으렴."

마음이 놓인 고지는 란을 응원하며 귀여워했다. 걱정이
이만저만이 아니라 자주 병원에 데려갔더니 수의사가,

"그렇게 걱정하지 않으셔도 됩니다."

라고 타이를 정도였다. 배가 두드러지게 부풀기 시작하자
란이 벽장 안에 들어가고 싶어 해서, 고지는 상자에 수건을
깔아 산실을 만들어 주었다.

드디어 출산하는 날, 고지는 걱정돼서 이불에 눕지도 못하고 벽에 기댄 채 꾸벅꾸벅 졸았다. 그러다가 퍼뜩 깼을 때는 세 마리 새끼 강아지가 태어난 후였다. 다들 건강하게 젖을 빨았다.

"다행이야……. 수고했어."

말을 걸자, 란이 '내가 해냈어!'라고 대답하는 것처럼 보였다. 자그마한 앞발로 꾹꾹이를 하는 강아지들을 지켜보며 헤어진 아내가 출산했을 때는 이 정도로 걱정했던가 생각했다. 당시에는 워낙 강한 사람이니까 알아서 하게 돼도 괜찮다는 마음과 왠지 부끄러운 감정이 섞여, 출산 당일 병원에 가보지도 않고 회사 동료와 노래방에 갔다가 마작을 하며 밤을 새웠다. 물론 전처에게 고생했다고 말을 걸었으나, 돌아온 대꾸는,

"아아, 그러셔."

로 간결했다. 지금 돌이켜보면, 자신이 전처의 마음을 더 배려했다면 부부 관계가 어느 정도는 잘 풀렸을지도 모른다. 아무리 강한 사람이라도 아내는 남편인 자신이 조금은 다정한 말을 해주길 바라지 않았을까, 이런저런 생각이 들

었지만 이제 와서 후회해 봤자 소용없다. 아무튼 고지는 눈앞에 나타난 귀여운 세 마리 강아지와 란의 행복을 최우선으로 생각해야 했다.

집주인도 곧바로 보러 왔다.

"어쩜, 세상에나 어쩜 이렇게 귀여워? 새끼 동물들은 하여간 귀엽다니까."

벽장 안을 훔쳐보며 환하게 웃었다.

그 후로 고지의 하루는 전부 개들 중심으로 돌아갔다. 매일 아침 산책하러 나가는데, 수유 중인 란은 루트를 단축해 빨리 집에 돌아가고 싶어 해서 그 마음을 존중해 주었다. 강아지가 재채기라도 하면 감기에 걸렸나 싶어 스마트폰으로 검색하는 등 사소한 변화가 생기면 부산을 떠느라, 란이 온 후로는 스마트폰의 검색 이력이 죄다 개 관련이었다.

낮에 란과 강아지들이 잠이 들면 장을 보러 간다. 구매 목록을 보면 자기 것은 이삼일 안에 먹을 음식 정도이고 대부분 강아지 용품이었다. 급하게 마련한 백 엔 숍의 리드 줄이 아니라 더 좋은 걸 사주고 싶어서 상점가의 반려동물 용품점에 가서 꽤 예뻐 보이는 분홍색 리드 줄을 골랐다.

이동 가방도 샀다. 가게 옷걸이에 잔뜩 걸린 강아지 옷을 보며 란에게 이런 색은 안 어울린다느니 이런 디자인은 어울리겠다느니 상상했으나, 옷을 입힐 생각은 없었다. 좋아할 만한 장난감을 잔뜩 샀지만, 그중에서 란이 마음에 들어 한 건 거의 없었다.

"모처럼 새 걸 사줬는데 왜 그걸로 안 노니?"

물어봐도 란은 예전에 산, 낡아 빠진 장난감을 입에 물고 걷는다. 그걸 버리려고 했더니 착한 란이 엄청나게 화를 냈다. 정신을 차리고 보니 장난감을 보관해 둔 종이 상자가 넘칠 정도였다. 고지는 이제 못 만나는 아들을 위해 이렇게 정성을 다해 장난감을 고른 기억이 없는 것을 또 반성했다. 전처가 교육용 완구 이외에는 장난감을 허락하지 않아서 고지의 판단으로는 살 수 없었다. 그런 교육용 완구로 논다고 훌륭한 인물이 되는지는 모르겠지만, 금지 사항이 많아 다양한 장난감을 가지고 놀지 못한 아들이 불쌍했다. 오히려 지금 란의 선택지가 더 다양하다.

이, 삼등신 밖에 안 되는 강아지들이 종종거리며 란을 따라 돌아다니고, 하품을 하나 싶더니 어느새 까무룩 잠들고,

젖도 안 나오는데 고지의 손가락을 쪽쪽 빨면, 뭐라 말할 수 없는 감정이 아랫배에서부터 차올라 가슴이 울컥했다. 행복이 바로 어떤 감정이라는 걸 비로소 깨달은 기분이었다. 그 후, 강아지들은 건강하게 성장해 젖을 뗐고, 집주인의 소개로 두 마리는 이웃집에 입양 보냈다. 세 마리 중 제일 작은 수컷은 고지가 키우기로 했다. 이 아이에게도 집주인이 건강하게 자라라는 뜻으로 겐이라는 이름을 지어주었다.[*]

고지의 하루는 란과 겐이 깨우면서 시작된다. 개들은 시계도 없는데 대체 시간을 어떻게 알까. 아침 다섯 시가 지나면 개들이 잠에서 깨 먼저 킁킁 콧소리를 낸다. 이불 속에서 그 소리를 들은 고지가 좀 더 자고 싶은 마음에 무시하면, 이번에는 두 마리가 작은 소리로,

"끄응, 끄응."

하고 울기 시작한다. 그래도 여전히 자는 척하면 바로 옆까지 와서 고지의 얼굴에 코를 들이대거나 마구 핥는다. 그래도 자는 척하면 이불을 앞발로 벗기려고 하고, 그래도 안

---

[*] 건강하다고 할 때의 '건(健)'을 일본어로 읽으면 '겐'이다.

일어나면 이번에는 두 마리가 이불 위로 뛰어 올라와 빙글빙글 돈다.

"아야, 아파!"

배와 허벅지를 마구잡이로 밟는 탓에 고지는 더는 시치미를 못 떼고,

"아, 알았어, 알았어."

하며 어쩔 수 없이 일어나는데, 두 마리는 또랑또랑한 눈으로 고지를 바라보며 '산책이 먼저. 그다음에 아침을 먹죠' 하고 지시한다.

"네네, 알겠습니다."

꾸물꾸물 일어나 이부자리를 대충 개켜 벽장에 넣고, 서두르라고 발을 구르며 기다리는 개들에게 리드 줄을 채우고 문을 열면, 개들은 기다렸다는 듯 쏜살같이 뛰어 나간다.

반려동물용품점에서 겐 전용 파란색 리드 줄도 사서 모자 두 마리를 데리고 산책하는데, 란은 어른스러우나 겐은 사방에 호기심을 갖는 탓에 도무지 똑바로 걷지 않았다.

"어이, 거기로 안 가. 겐, 안 돼. 이쪽으로 오라니까."

두 마리의 리드 줄을 다루며 걸으니까 정신을 차리면 리

드 줄이 몇 겹으로 뒤엉켜 있다.

"야, 겐, 안 된다니까."

혼내면 겐은 일단 고지를 보지만, 금세 산책하는 다른 개에게 흥미를 보이며 접근한다.

"이런, 안 돼. 이거 죄송합니다."

고지는 상대방에게 사과하며 리드 줄을 당겼다.

"엄마랑 아들인가 봐요? 귀엽네요."

상대 견주가 다정하게 말해주어 고지는 더욱 어쩔 줄 몰랐다.

"부탁이니까 제대로 좀 걸어라. 란도 네 아들 좀 혼내줘."

똑바로 걷던 란이 겐에게 작게 짖자, 무슨 영문인지 겐이 란과 발을 맞춰 걷기 시작했다.

"란, 대단한데? 고맙다. 겐도 말을 잘 듣고 착하네."

그러나 한참 나란히 걷다가 또 겐이 탈선해서 옆으로 빠지려 했다.

"아이고, 또."

고지가 리드 줄을 끌어 겐을 데려올 때까지 란은 멈춰서서 얌전히 기다렸다.

"정말 힘드네."

투덜거렸지만 약 한 시간가량의 산책은 고지에게도 좋은 기분 전환이 되어 주었다.

집에 돌아오면 고지는 먼저 두 마리의 발을 닦아주고, 아이들이 좋아하는 사료와 물을 그릇에 담아 앞에 놓는다.

"기다려, 먹어."

두 마리가 명령을 잘 들어서 귀여운데, 이렇게 잘 따를 거면 아침에 좀 더 부드럽게 깨워주면 좋겠다고 생각하며 고지는 한숨을 쉬었다.

란의 중성화 수술 문제가 계속 마음에 걸렸다. 란을 위한 일인 줄 알아도 병원에 데려가 수술을 시킨다니 너무 걱정되고, 마치 란을 산에 가져다 버리는 기분이 들었다.

"수의사 선생님이 잘해주실 거야. 걱정하지 마. 병원에 하룻밤 묵어야 하지만 아빠가 꼭 데리러 올 거야."

자기 자신과 란을 열심히 달래고, 수의사 선생님에게도 잘해달라고 연신 부탁하다가 쓴웃음을 사기까지 했다. 란이 병원에 입원한 날 밤, 겐이 자꾸 끙끙거리며 울었다.

"엄마도 지금 열심히 하고 있을 거야. 내일 돌아올 거고."

겐을 품에 안고 계속 달래느라 결국 한숨도 못 잤다.

다음 날, 상태가 어떨까, 아빠를 원망하지는 않을까 걱정하며 고지는 란을 데리러 병원에 갔다. 그러나 맥이 빠질 정도로 평소와 똑같은 란이 있었다. 유일하게 다른 점은 상처를 핥지 못하도록 옷을 입혀 놓았다는 것이다.

"잘 참았어, 힘냈구나."

우리 안으로 손가락을 넣자, 란이 다가와 할짝할짝 핥았다. 아아, 다행이다. 울 것 같았다.

집에 데리고 오자, 병원 냄새가 나는지 겐이 처음에는 냄새를 맡고 묘한 표정을 지었으나 란 곁을 떠나지 않았다.

"많이 힘들었지. 편하게 쉬렴."

말을 걸자, 란이 얇은 이불 위에 둥글게 몸을 말았다. 익숙하지 않은 병원의 우리 속에서는 편하게 자지 못했을 것이다. 그 모습을 보며, 전처에게는 이런 말도 건네본 적 없었다고 또다시 생각했다. 보통은 아내와 자식에게 할 말을 고지는 지금 개들에게 한다. 이 아이들은 이렇게 배려심 가득한 말을 하게 하려고 고지 곁에 와주었다는 생각이 들었다.

이불을 개켜 만든 간이침대에서 계속 재우기엔 가엾다. 란에게도 겐에게도 제대로 된 침대를 사줘야지. 물 때마다 소리가 나는 장난감도 좋아하지 않을까? 이것저것 생각하니 사주고 싶고 해주고 싶은 게 너무도 많았다. 얼마 전에 고지는 집주인에게,

"얼굴이 아주 확 폈네?"

라는 말을 들었다. 재취업도 안 하고 온종일 집에서 느슨하게 지냈는데, 이 아이들을 위해서도 조금 더 힘내야겠다고 마음먹은 것이 영향을 미쳤을지도 모른다. 낮 동안 개들의 자는 얼굴을 내내 지켜봐도 즐겁지만, 아직 할 수 있는 일이 있을 것이다. 고지는 세면대 거울로 얼굴을 확인한 후, 스마트폰으로 단기로 일할 수 있는 동네 아르바이트를 찾아보기 시작했다.

·

3

중년 자매와 고양이

"오늘 전기 검침하는 사람이 왔었어."

저녁을 먹으면서 동생 히토미는 평소처럼 바로 앞에 놓인 접시 옆에 고양이 미키를 앉히고서, 다른 고양이 마요를 누름돌처럼 무릎 위에 앉힌 언니 히로코에게 말했다. 이 두 마리 고양이는 암컷인데 현재 5.5킬로그램이나 나가서 수의사에게,

"더 찌면 다이어트 사료를 먹어야 해요."

라는 경고를 들었다.

"정말로 검침하는 사람 맞아? 요즘 신종 특수 사기도 흔

하다니까 조심해야 해."

"일단 거절하고 집에 들이진 않았어."

"신분증을 보여주지 않았다면 그러는 편이 무난해."

히로코가 토란 조림을 젓가락으로 집으려고 고군분투하는 걸 본 히토미가 얼굴을 찌푸렸다.

"어머, 왜 이래. 나는 고양이 돌보느라 벅차서 언니까지 돌볼 순 없거든?"

"오늘 회사에서 계속 키보드를 치느라 팔이 피곤해서 그래. 왜 이상한 소리를 하니? 얘, 이 사람 참 못됐지. 마요, 혼내줘. 다음에 확 할퀴어도 되니까."

무릎 위에서 느긋하게 몸을 말고 졸던 마요가 눈을 감은 채로 고개를 살짝 들고 작게 울었다.

"미옹."

히토미는 흥 코웃음을 치더니,

"오늘은 고양이들이 먹을 게 없네. 나중에 주려고 했는데 새 사료를 사 왔으니까 지금 줄게."

라고 말하며 일어났다. 그 말을 들은 미키가,

"미야앙!"

하고 크게 울고, 고양이들 사료를 넣어둔 곳으로 간 히토미의 등을 뚫어지게 바라보았다. 미키의 울음소리를 들은 마요도 벌떡 일어나 탁자 위에 고개를 얹고 '나한테도 뭐 줄 거지?'라는 의미심장한 표정을 지었다. 히토미는 그릇 두 개를 들고 돌아왔다.

"자, 먹으렴."

탁자에 그릇을 놓자, 마요도 폴짝 위로 올라와서 두 마리 모두 그릇에 담긴 새로운 사료에 코를 들이밀고 먹기 시작했다.

"여기에 제비집이 들었대."

"뭐? 제비집?"

놀라서 히로코의 목소리가 커졌다. 예순여섯 살인 이날 이때까지 제비집을 먹은 건 한 손에 꼽을 정도다. 접객 상대와 고급 중식 요릿집에서 회식했을 때, 그리고 젊은 시절 친구들과 여행으로 베이징과 홍콩에 갔을 때였다. 값비싼 재료가 들어간 사료를 우리 잡종 고양이들이 기뻐하며 먹고 있다.

"설마 터무니없이 비싼 걸 산 건 아니지?"

"아니야. 그냥 보통이었어."

동생이 고양이를 두고 말하는 보통은 절대 보통이 아니라고 생각하면서도 고양이들이 기쁘게 먹으니까 괜찮겠거니 싶어, 히로코는 간신히 집은 토란을 입에 넣었다.

히로코와 히토미 자매는 육십 년 된 낡은 목조 주택에서 단둘이 산다. 아버지는 십 년 전 여든두 살에, 어머니는 팔년 전 여든한 살에 타계했다. 그 후로 자매 둘이 함께 살았다. 이웃집은 자식들이 대를 이으면서 집을 팔고 이사했고, 그 후에 아담한 아파트나 빌라가 세워졌다. 자매도 처음에는 집도 낡았으니 팔고 둘이서 빌라로 이사를 할 생각이었는데, 울타리 사이로 이웃집 고양이와 길고양이가 들락거리는 이 환경을 놓치기 싫었다.

돌아가신 부모님도 동물을 좋아해서 이웃집이 가족여행을 갈 때면 그 집의 반려견 존을 맡아서 돌봤다. 머물면서 받은 대우가 어찌나 만족스러웠는지, 주인이 데리러 왔는데도 있는 힘껏 버티고서는 자기 집에 돌아가려고 하지 않아 겸연쩍었던 상황이 몇 번이나 있었다. 부모님은 어느 집의 고양이인지 모를 아이가 들락거려도 밥을 챙겨주었다.

자주 보이는 아이도 있고, 한두 번 오고 이후로 발길이 끊긴 아이도 있었다. 그렇게 돌보는 고양이들이 몇 마리나 있었는데 딱히 집에서 키우는 고양이는 없고, '울타리를 지나들어온 고양이는 모두 우리 집 아이'라는 방침으로 돌봤다.

그러다가 길고양이를 보호하는 사람들이 집 없는 고양이들을 데려가기 시작하면서 울타리로 들락거리는 고양이 수가 많이 줄어들었다.

"고양이들이 행복하면 그걸로 됐지."

부모님은 그렇게 말했지만, 몸을 굽히고 울타리 틈새로 불쑥 고개를 내미는 고양이가 사라져서 조금 쓸쓸해 보였다. 그럴 때면 자매가 고양이들은 보호시설에서 따뜻하게 보살핌을 받을 거라고 말하며 부모님을 위로했다.

어머니가 돌아가시고 오 년쯤 지난 어느 날, 집을 팔지 유지할지 고민하던 자매가 가장자리가 거의 낡은 툇마루에 앉아 한숨을 내쉬며 마당을 바라보는데,

"미잉, 미잉."

하고 새끼 고양이가 우렁차게 우는 소리가 들렸다.

"왜 그러니? 이리 온."

자매가 허둥지둥 일어나 말을 걸고 쪼그려 앉아 울타리를 살피자, 삼색 새끼 고양이 한 마리가 모습을 드러냈다.

"아아아!"

자매는 동시에 비명을 질렀고, 먼저 히로코가 새끼 고양이를 안아,

"무슨 일이니? 엄마는?"

하고 말을 걸었는데 새끼 고양이는 미옹미옹 울며 히로코의 가슴에 매달렸다.

"그래그래, 이제 무섭지 않아. 걱정 안 해도 돼."

히로코가 말을 걸며 몸을 쓰다듬는데, 히토미가 오래 신어 헌 마당용 슬리퍼를 신고서 집 앞 골목까지 나가 좌우를 두리번거리다가 웅크리며 작은 소리로 말했다.

"혹시 엄마 고양이는 안 계십니까? 우리 집에 와도 괜찮은데요."

이웃에서 그런 모습을 보면 어떡할 거냐고 히로코는 잠깐 생각했으나, 이런 상황에서는 어쩔 수 없으니 달라붙은 고양이를 어르며 동생을 지켜보았다.

"엄마 고양이는 없네."

"혼자 여기까지 걸어왔나?"

"불쌍해라. 무슨 일이 있었을까?"

히토미가 미잉미잉 우는 새끼 고양이를 쓰다듬다가,

"고양이 사료 사 올게."

라고 말해서, 히로코는 방으로 들어가 마당에 있는 여동생에게 지갑을 던졌다. 멋지게 낚아챈 히토미는 낡은 슬리퍼를 신은 채 뛰어갔다.

"이제 괜찮단다. 착하지?"

새끼 고양이는 진정됐는지 울음소리가 점점 작아지더니 히로코의 품에 찰싹 달라붙었다. 엄청난 속도로 가까운 편의점까지 뛰어 다녀온 히토미가 우선 새끼 고양이용 우유를 그릇에 담아 가져왔다. 우유를 본 새끼 고양이가 '내려줘!'라고 애걸하듯이 발을 바둥거리며 난리를 쳤고, 바닥에 내려놓자 접시에 얼굴을 들이받을 기세로 우유를 먹기 시작했다. 머리가 푹 고꾸라진 탓에 얼굴 전체가 우유 범벅이 되어 순간 놀란 표정을 지었으나, 곧 제대로 혀를 써서 먹기 시작했다. 자매는 바닥에 납작 달라붙어 새끼 고양이가 우유를 잘 먹는지 확인했는데, 일단 문제는 없어 보여서 마음을 놓았다.

"얘 엄마, 새끼가 없어져서 걱정하겠다."

히토미는 사 온 고양이 사료 캔을 손에 들고, 먼저 마당 구석구석을 살펴본 다음, 밖에 나가 어미 고양이가 없는지 확인했다.

"없는 것 같네."

히토미가 확인 작업을 하는 동안, 새끼 고양이는 우유를 한 그릇 더 먹고, 새끼 고양이용 사료까지 먹고는 만족한 표정을 지었다.

"맞아, 침대랑 화장실을 만들어야지."

평소 히로코가 뭔가 명령하면 히토미는 '동생이라고 막 시키지 마!'라고 화를 냈으면서, 이럴 때면 아주 순순해져서 수건을 깐 얕은 바구니와 평평한 플라스틱 용기를 들고 왔다.

"자, 이게 네 침대야."

히토미가 바구니에 넣어주자 새끼 고양이는 안에서 빙글빙글 몇 번 돌더니 까무룩 잠들었다.

"귀엽다."

히토미가 중얼거리며 플라스틱 용기에 사 온 고양이 모래를 부었다.

'평소에는 눈치 없이 굴 때도 많은데 오늘은 빠릿빠릿하네.'

히로코는 내심 혀를 내둘렀다.

"일단 이거면 안심이야."

히토미가 안도한 표정으로 말했다.

"어디에서 왔을까? 그래도 이제 안심해도 돼."

잠든 새끼 고양이에게 고개를 가까이 들이대도 전혀 깨지 않았다. 어딜 어떻게 거쳐 여기까지 왔는지는 모르지만, 이런 자그마한 몸으로 얼마나 불안했을까. 자매는 딱히 대화를 나누지 않았으나 이 아이를 키우는 것으로 의견이 일치했다. 히토미가 미키라고 이름을 지었다.

그로부터 사흘 후, 이번에는 줄무늬 새끼 고양이가 또 울타리를 지나 마당에 들어왔다. 자매는 깜짝 놀랐지만 역시 반갑게 맞이해 주며 마요라고 이름을 지었다.

"집을 안 팔길 잘했어. 팔았으면 이 아이들이랑 못 만났잖아."

자매는 앞으로도 이 오래된 집에서 살기로 마음먹었다.

부모님이 돌아가시고 자매만 남은 직후에는 관계가 미묘했다. 히로코는 예순여섯 살인 지금도 촉탁직으로 회사에 다니는데, 두 살 어린 히토미는 쉰 살에 조기 퇴직해 부모님과 함께 집에서 지냈다. 부모님의 건강이 안 좋아지기 시작하자 일상적인 돌봄과 간병을 도맡은 사람은 히토미였다. 그 점은 히로코도 인정했지만, 얼마나 힘든지 히토미가 일장 연설을 늘어놓으면 솔직히 지긋지긋했다. 언니는 손 놓고 있다고 비난받는 기분이었다. 자신이 나가서 일한 덕분에 생계를 꾸릴 수 있다고 생각했으나, 입 밖에 내기에는 한심하니까 가만히 있었다.

한편 히토미는 언니가 일하지 않아도 생계가 그다지 곤란할 리 없다고 생각했다. 가능하면 언니도 휴가를 받아 같이 부모님을 돌보고 간병해 주길 바랐으나, 당시 회사에서 책임 있는 임원직을 맡았으니 그럴 수 없는 사정이 있겠거니 여기고 입을 다물었다. 그러나 그런 마음이 종종 서로의 말에 묻어나서 불화의 씨앗이 됐다. 그래서 부모님이 돌아가신 후로는 서로 간섭하지 않는 단순한 동거인 같은 사이였다.

그런데 두 마라암컷 고양이가 온 후로 집 안에 활기가 돌고, 자매 간에도 대화가 늘어 같이 웃는 일이 많아졌다. 고양이들도 상성이 잘 맞는지 싸우지 않고 사이좋게 지내서 다행이었다. 히로코는 퇴근하는 게 즐거웠다. 히토미는 부모님이 돌아가신 후로 집안일 이외에 특별히 할 일이 없어서 살 것도 없는데 일주일에 두 번쯤 백화점에 갔다. 제일 위층부터 쭉 둘러보고 지하 식품 매장에서 먹을 것을 사서 돌아오곤 했는데 이제는 밖에 니기기보다 집에 있는 게 즐거웠다. 지금은 고양이들이 더 재미있게 놀 장난감을 찾을 목적으로만 전철을 탔다.

히토미는 고양이와 함께하는 시간이 많고 끌어안거나 어울려 노는 횟수도 늘어서, 평소 입던 스웨터와 스커트 차림이 아니라 싸고 지저분해져도 눈에 잘 안 띄는 추리닝과 바지 같은 편하고 스포티한 차림으로 바뀌었다. 회사 다닐 적에 통근용으로 입던 스웨터와 스커트는 집에서 입기에는 너무 고급스러웠다. 히로코가 히토미의 차림새를 보며 놀리자, 히토미는,

"하지만 미키도 마요도 워낙 말괄량이라 안 게 싫을 때는 난리를 친단 말이야. 전에도 스웨터에 발톱을 세우는 바람에 망가졌어. 두 마리가 경주라도 하는 것처럼 집 안을 마구 뛰어다녀. 꼭 몸 안에 커다란 모터가 달린 것 같아. 요즘은 내가 사 온 장난감을 아주 좋아하더라."

라며 자랑했다.

히토미가 사 온 장난감은 유명한 명품이라는데, 손에 들고 빙글빙글 흔들면 끝에 달린 새가 파닥파닥 날갯짓하는 구조로, 흔들라치면 두 마리는 눈빛까지 달라져서는 새를 잡으려고 크게 점프했다. 히토미는 장난감을 빙글빙글 흔들며 집 안을 뛰어다닌다고 했다.

"그런 모습을 이웃 사람들한테 들키면 큰일이다. 저 집에 사는 결혼 안 한 중년 여성이 이상한 짓을 한다고 수군댈 거야."

"뭐 어때? 나는 미키랑 마요가 좋아하면 만족해."

"그야 그렇지만."

히로코도 동감했다. 그렇게 대단한가 싶어 쉬는 날 시험 삼아 장난감을 흔들어보았는데, 두 마리의 달려드는 기세가 평범한 낚싯대에 달려드는 귀여운 수준이 아니라 야성을 고스란히 드러낸 것이었다. 고양이들의 엄청난 변모에 동생을 놀렸던 것도 깜박 잊고 히로코도 아하하하 완전히 신이 나서 집 안을 마구 뛰어다니며 놀았다. 이래서야 저 낡은 목조 주택에는 기분 나쁜 자매가 산다고 소문이 나겠다. 그래서 이웃 사람들과 마주쳐 인사를 나눌 때 태도를 관찰했는데 예전과 전혀 다르지 않은 걸 보니 아직 자매의 행동을 들키지 않은 모양이다.

아버지가 세운 이 집은 전형적인 옛날식 주택으로, 자그마한 식탁을 놓을 수 있는 부엌, 욕실, 화장실, 세 평짜리 가족용 거실 겸 부부 침실, 딱히 찾아올 손님도 없는데 겉멋만 부려 값나가는 마루를 깔고 응접 3점 세트*를 놓은 응접실, 그 외에 어려서부터 자매가 각자 방으로 쓴 두 평 크기의 방 두 개가 있다. 툇마루가 있고, 마당에 작은 연못도 있었는데 히토미가 어렸을 때 연못에 빠져 죽을 뻔한 바람에 아버지가 메웠다. 집의 노후화가 눈에 띄기 시작할

---

* 소파와 1인용 의자와 탁자로 이루어진 세트.

즈음, 아직 부모님이 살아계실 때 가장 역할을 맡은 히로코가 집을 고치자고 제안했으나, 부모님이,

"돈이 아까워. 우리 때문에 돈을 쓸 필요는 없다."
라고 주장했다. 몸이 약해진 후로는 더욱 말을 꺼내기 어려워졌고, 결국 그대로 부모님은 돌아가셨다.

그래도 고양이들에게는 낡은 집 구석구석이 놀이터였다. 방의 기둥과 다다미 깐 바닥은 스크래쳐 대신이다. 두 마리가 경쟁하며 문살을 타고 올라가다가 도중에 내려오지 못해 난리가 난다. 자매가 급하게 한 마리씩 구출하려고 하면, 고양이들은 문살을 움켜쥔 발을 놓고 날다람쥐처럼 자매의 어깨로 날아든다.

"으아악."

놀라는 사이, 고양이들은 사뿐히 다다미 바닥에 내려서서,

"우와오옹!"
큰 소리로 울며 집 안을 뛰어다닌다. 자매가 얼굴을 마주 보고 고개를 갸웃거리거나 말거나, 고양이들은 야옹야옹 울며 거의 벽을 탈 기세로 날뛴다. 한참 그러다가 우뚝 멈추고 물을 마시는가 싶더니 '내가 해냈다'라는 표정으로 앉

아 있곤 했다.

"여긴 이제 올라가면 안 돼."

아무리 부탁해도 고양이들이 들은 척도 안 하고 문살 오르기 놀이를 계속하다가 결국 창호지에 작게 구멍이 뚫렸는데, 그게 또 하나의 놀이 도구가 됐다. 고양이 펀치와 머리 들이받기로 구멍을 점점 키우더니 나중에는 그 구멍으로 들락날락했다.

처음에는 어머니가 했던 것처럼 꽃 모양으로 자른 창호지로 구멍을 막았다. 그러면 고양이들이 다가와서 흥미진진하게 작업을 지켜보았다. 때때로 앞발로 건드리기도 해서 자매가,

"너희가 하도 난리를 치니까 이렇게 됐잖아. 다른 장난감도 있으니까 여기에서 놀지 마."

라고 설명했지만, 두 마리는 고개를 획 돌리고 딴전을 부렸다. 그렇게 작업을 마치면 고양이들은 막은 부분을 빤히 바라보다가 앞발로 콱 눌러서 찢고, 또 찢어진 틈으로 두 마리가 교대로 재미있어하며 들락거리는 악동 같은 장난질을 반복했다.

결국 아무리 수선해 봤자 의미가 없는 걸 깨닫고 한동안 장지를 그냥 뒀는데, 너무 꼴이 흉해서 창호지를 전부 벗겨 지금은 목재 틀만 남은 문이 됐다. 한편 두 마리 고양이는 또 다른 놀이를 발견했다. 마룻바닥을 깐 응접실에서 엄청 난 속도로 뛰어 쥐 모양 장난감을 붙잡은 순간 몸 측면으로 주르륵 미끄러지는 것으로, 그 뒤로 그 놀이를 수없이 반복했다. 자매는 고양이들이 노는 데 방해되지 않게 응접 3점 세트를 구석에 쌓아놓았다. 미끄러지는 놀이에 질리자 다음에는 초등학생 시절부터 중학교를 졸업할 때까지 자매의 키를 연필로 기록한 기둥에 발톱을 세우고 벅벅 힘차게 긁어댔다. 한 마리가 하면 다른 한 마리도 지기 싫다는 듯이 흉내 내니까 곤란하다.

두 평짜리 방 두 개는 자매가 그대로 쓰고 세 평짜리 방은 고양이 차지가 됐다. 툇마루가 있는 제일 좋은 방이다. 고양이 방 침대 옆에는 미키와 마요의 스크래쳐가 하나씩 놓였다. 그래도 두 마리는 스크래쳐보다는 기둥에 발톱 가는 걸 제일 좋아했다. 발톱 자국이 남지 않기를 바라는 곳을 보호하기 위해 붙이는 투명 필름도 있다는데 히토미는 이렇게 주장했다.

"어차피 오래된 집인데 군이 붙일 필요가 뭐 있어?"

히로코도 원하는 곳 전부에 필름을 붙이면 오히려 보기 흉할 것 같고, 세 들어 사는 집도 아니고 자가인 데다가, 애초에 상하는 것이 싫으면 고양이를 집에 들이지 말았어야 한다고 생각하여 발톱 가는 문제는 포기했다. 그래도 암컷이지만 거묘에 가까운 고양이 두 마리가 온 힘을 다해 기둥에 발톱을 가는 걸 보면, 계속 이러다가 집이 무너지지 않을까 거정이었다.

히토미는 부모님을 돌볼 때는 음울한 분위기를 풍겼으나, 고양이 보호자가 되자 매일 정말 즐거워 보였다. 히로코는 그걸 두고 지적할 처지가 못 된다고 생각했고, 또 언니로서 동생이 즐거워하는 게 참 기뻤다. 차림새는 털털해졌으나 매일 충실하게 보내는 덕분인지 예전보다 젊어 보였다.

어느 날, 히로코가 퇴근했더니 히토미의 표정이 어두웠다.

"마요가 밥을 안 먹어."

히로코가 무슨 일인지 묻자 히토미가 대답했다.

원래 고양이들은 식욕이 왕성해서 고양이용 그릇을 꺼내기만 해도 울음소리가 한층 더 높아지곤 했다. 주인이 무슨 말을 해도 도무지 제어가 안 되게 흥분한 눈빛을 보였다.

"남자애라면 몰라도 너희는 여자애들이니까 조금은 얌전하게 굴어야지."

그럴 때 히로코가 혼내면 히토미가 발끈한 표정으로 나무랐다.

"그렇게 말하면 안 되지. 성차별이잖아."

여자애라고 남자애보다 소식할 필요는 없다, 성별을 가지고 그런 발언을 하는 건 틀렸다고 지적했다.

"물론 인간 여자애한테는 이런 소리를 안 하지. 덮밥 곱빼기를 세 그릇이나 먹어도 건강해서 좋다고 칭찬할 거야. 하지만 우리 아이들은 고양이잖아. 어떤 의미에서 우리가 관리자니까 아이들의 건강을 지키는 게 우리의 책임 중 하나잖아. 그래서 그렇게 말했을 뿐이야."

히로코도 불만스럽게 받아쳤더니, 히토미는 이렇게 물고 늘어졌다.

"그러면 먹는 걸 좀 자제하라고 말하면 되잖아? 왜 남자애랑 여자애를 비교하는데?"

그 말을 듣고 히로코는 '맞아, 얘는 고등학생 때 젠더론에 관심이 많아서 그런 책을 많이 읽었지' 하고 떠올렸다. 히토미가 회사를 조기 퇴직한 것도 정신머리 없고 무신경한 아저씨 상사들과의 갈등 때문이었다. 아무리 시간이 흘러도 개선되지 않는 상황에 질려버린 게 하나의 원인이었다.

"아이고, 제가 잘못했습니다."

말싸움에서 질 게 뻔해 히로코는 동생과 고양이들에게 순순히 사과했었다. 아무튼 그때를 떠올리며,

"내일 병원에 데려가 봐. 최대한 빨리 가는 게 좋겠지."

라고 말했더니 동생도 순순히,

"응, 그럴게."

라고 대답하며 걱정스럽게 마요를 쓰다듬었다. 정작 마요는 밥을 안 먹었다지만 동그란 눈과 동그란 얼굴은 여전해서 겉으로 보기에는 상태가 나쁘지 않았다. 그래도 고양이는 몸이 아파도 겉으로 드러내지 않는다고 하니까 걱정되면 병원에 데려가는 게 좋다.

"괜찮니? 얼른 기운 차려야지."

히로코가 머리를 쓰다듬으며 말을 걸자, 마요가 손가락을 날름 핥았다. 옆에서 지켜보던 미키가 후다닥 달려와 자기도 만져달라는 듯이 몸을 비벼서 히로코는 두 손으로 마요와 미키의 머리를 쓰다듬어주었다. 힐끔 보니 히토미도 두 손으로 제각각 고양이의 몸을 쓰다듬고 있었다.

다음 날, 히로코는 동생에게 무슨 일이 있으면 곧바로 연락하라고 당부하고 출근했다. 전철을 타서도 마음이 조금 무거웠다. 마요의 표정과 안색으로 보아 심각한 상태는 아닐 것이다. 그러나 전문가가 아니니 모른다. 병원에서 자세히 진찰해 주리라 믿지만, 일도 영 손에 안 잡혔다. 끝까지 히토미에게서 연락이 오지 않아서 '왜 연락을 안 하는데!' 하고 처음에는 화가 났는데, 어쩌면 사태가 너무 심각해서 충격을 주지 않으려고 연락을 안 한 건지도 모른다는 생각이 자꾸만 머리를 맴돌아 거의 뛰다시피 해서 집에 돌아왔다.

"얘, 마요는 어때?"

현관문을 열자마자 외치며 신발을 벗었다. 고양이 방에 들어가자 두 마리가 밥을 먹고 있었다. 아, 마요가 밥을 먹네, 마음이 놓였다.

"왜 연락 안 했어? 걱정했잖아."

자연스레 말투가 날카로워졌다.

"응, 별일 아니었거든."

히토미는 담담했다.

"그러면 그렇다고 연락해 주면 좋았잖아."

"하지만 정말로 별일 아니었어."

"그러니까 그걸 알면 안심하잖아. 나 종일 제정신 아니었다고."

"아, 그렇구나. 미안해."

이렇게 소소한 다툼이 마무리됐다. 마요의 식욕이 떨어진 이유는 단순한 과식이었다.

"새 간식을 사 와서 줬더니 마요가 진짜 좋아하면서 먹었거든. 게다가 평소보다 밥도 많이 먹어서 소화가 미처 안 됐나 봐."

"그러니까 간식을 맨날 주지 말라고 했지. 밥으로도 영양은 충분하니까."

"그래도 좋아했는걸."

"우리 좋자고 하는 일이 결국 우리 아이들의 수명을 줄이기도 해. 그러면 어쩔 거야? 이제 매일 간식 주는 건 금지야!"

히로코가 외쳤다. '간식 금지'라는 말을 듣자 두 마리가 번쩍 고개를 들어 동시에 히로코를 바라보았다.

"마요, 병원에 다녀와서 기특해. 또 배가 아프면 안 되니까 간식은 가끔만 먹자, 응? 미키도 알겠지?"

자기들에게 불리한 이야기인 줄 알아차렸는지 고양이들은 무표정으로 다시 밥을 먹었다.

낮에는 히로코가 집을 비우니까 동생이 시키는 대로 하는지 알 수 없지만, 분명 두 마리의 몸무게는 차츰차츰 불어났다. 안으면 무거워서,

"으악."

하는 소리가 절로 나온다. 허리에도 무리가 간다.

"오 킬로그램이 넘으니까 웬만한 쌀부대 무게잖아. 무거운 게 당연하네."

퇴근한 히로코가 '어이구' 하며 미키를 품에 안고 말하자 히토미는,

중년 자매와
고양이   *112*

"응, 그래도 쌀부대는 귀엽지 않지만 고양이는 귀여우니까 좋아."

라고 대답했다.

"그래도 쌀은 먹을 수가 있잖아."

히로코가 반박했으나 히토미에게 혼났다.

"이상한 소리 하지 마!"

"먹지 못하지만 이렇게 귀엽지."

히로코가 미키에게 뺨을 비비자,

"그러니까 그런 소리 하지 말라고!"

하고 히토미가 또 화를 냈다. 하여간 농담이 안 통하는 사람이라고 쓴웃음을 지으며 마요를 품에 안은 여동생을 바라보는데, 히토미는 히로코를 노려보며,

"저 아줌마, 너무하지. 다음에 있는 힘껏 할퀴는 거다?"

하고 귀에 대고 속삭였다.

다행히 마요에게 공격받는 일 없이 자매와 두 마리는 느긋하게 살았다. 집 안을 뛰어다니는 뒷모습은 마치 쌀 두 가마니가 움직이는 것 같다. 앉은 자세를 보면 하반신이 아주 튼실하다. 게다가 살 때문에 앞다리를 모으지 못한다.

"큰일 났다. 운동 부족인가?"

히로코는 두 마리가 굉장히 좋아하는 명품 장난감을 꺼내 붕붕 흔들었다. 그러자 두 마리가 눈빛을 바꾸고 앞발을 뻗어 잡으려고 했으나, 아무래도 움직임이 둔했다. 마침내 마음이 동했는지 점프했으나, 전성기의 절반 정도 높이였다.

"이거 봐, 몸이 무거우니까 점프를 못 하잖아."

히로코가 밥 담당인 히토미를 탓했으나, 히토미는,

"그런가? 지금은 그냥 의욕이 없는 거 아니야?"

라고 아무렇지 않게 대꾸했다. 하긴, 의욕이 넘칠 때는 고양이들이 놀아달라며 장난감을 물고 오는데 오늘은 그러지 않았다.

"음, 잘 모르겠네."

장난감을 흔들던 손을 멈추자, 고양이들은 바닥에 데굴데굴 구르고 앞발 뒷발을 핥으며 그루밍을 시작했다.

"지금은 놀이보다 몸단장하는 시간이야, 그렇지? 여자애니까 예쁘게 해야지."

다정하게 말을 거는 히토미를 보며, 히로코는 자기도 성차별적인 발언을 한다고 속으로 투덜거리면서 장난감을 상자에 넣었다.

다다미 위에서 동글동글한 삼색 고양이와 얼굴 동그란 줄무늬 고양이가 뒹굴며 만족스러운 표정으로 몸단장을 한다. 앉아서 그 모습을 지켜보는, 갈수록 늙었다는 말이 잘 어울리는 두 자매. 히로코는 참 여유로운 시간이라고 생각했는데, 옆에서 코를 훌쩍이는 소리가 들렸다. 히토미가 눈물을 훔치고 있었다.

"왜 그래?"

"우리 아이들이 떠나면 어떡하지? 그러면 나 못 살아."

히로코는 머릿속으로 계산했다. 이 아이들의 나이가 지금 네 살 정도일까. 고양이의 수명이 갈수록 길어진다고 하니 앞으로 십일 년이나 십이 년은 살아 있을 것이다. 그때 히로코는 일흔일곱 살, 히토미는 일흔다섯 살이다. 아슬아슬하게 건강수명일 때다.

"너, 힘내야겠다."

히로코가 눈에 잔뜩 눈물을 매단 여동생을 격려했다.

"언니가 먼저 죽겠지. 그럼 나 혼자서 이 귀여운 아이들의 장례를 치러야 해."

"꼭 그렇다고 할 순 없지. 내가 네 장례를 치를 가능성도 있잖아?"

"그런 심한 말을 진짜 잘도 한다."

히토미가 눈물 어린 눈으로 히로코를 노려보았다.

"뭐야?"

같이 늙어가는 처지에 무슨 소린가 싶어 히로코는 기가 막혔다. 동생은 아무리 나이를 먹어도 동생이다. 히로코는 고양이들의 수명을 생각하느라 살짝 슬퍼진 데다 여동생에게 조금 화가 나서 울컥 울화통이 치밀었다. 문득 고개를 돌리자, 쌀 두 가마니는 행복한 표정으로 벌렁 누워 배를 보이고 깊이 잠들었다.

고양이들의 감정에 물들기라도 한 듯이, 동생의 발언은 없는 셈 치기로 하고 히로코는 무심코 후후 웃고 말았다.

4

노모와 다섯 마리
고양이님

갑작스레 작고한 여든다섯 살 아버지의 봉안을 마쳤다.
오십 먹은 아들 마사오와 그보다 네 살 어린 여동생 유미
코는 일흔 살 노모를 대신해 장례 준비, 위패를 모실 사찰
과의 상담, 은행과 구청 신고를 분주하게 해결해야 했다.
봉안까지 간신히 마친 후에야 남매는 한숨 돌렸다.

　엄마는 아버지와 나이 차이가 났으니 늘 각오하고 살았
다고 하는데, 식사하는 도중에 아버지가 눈앞에서 쓰러져
그대로 세상을 떠난 탓에 상황 파악도 안 된 채로 줄곧 멍
해 보였다.

"엄마, 괜찮으실까?"

유미코가 오빠에게 묻자, 오빠도 걱정했다.

"아버지한테 많이 의지하는 면이 있었지. 갑자기 떠났으니까 당혹스러우실 거야."

오빠 마사오는 이혼 경력이 있는 독신이고, 유미코는 미혼이다. 둘 다 가족이 없어서 엄마와 동거하는 데 딱히 문제는 없다. 굳이 말하지 않았으나 유미코는 오빠가 이혼해서 다행이라고 안도했다. 오빠의 결혼 상대와 엄마는 상성이 나빠도 너무 나빴다. 새언니는 풀타임으로 회사에 다녔고 성격도 당찬 여성이었다. 유미코가 보기에 나쁜 사람은 아니었는데 엄마는 새언니의 행동 전부를 시어머니를 향한 도전으로 받아들인 듯했다. 엄마는 오빠 부부에게 아이가 없는 것도 새언니가 나쁘기 때문이라면서, 유미코가 아이 문제에 좋고 나쁘고가 어디 있느냐고 달래도,

"네 오빠는 괜찮아. 그 사람이 문제야."

라며 들은 척도 안 했다. 그런 시어머니와 만나기 싫었을 텐데도 오빠 부부는 설날이면 나란히 귀향했다.

'나였으면 얼굴도 보기 싫었을 텐데.'

유미코는 늘 그런 생각을 하며 엄마의 특제 떡국을 먹었다.

그런데 엄마는 그런 자리에서도 살림살이에 관해 새언니에게 꼬치꼬치 캐묻고는,

"너무 사치스럽구나."

라느니,

"식비를 더 줄여야겠어."

라느니,

"너는 매번 비싸 보이는 옷을 입는구나."

라며 쓸데없는 오지랖을 떨어서, 옆에서 지켜보는 유미코는 언제 대판 싸움이 날지 모른다고 걱정했다. 그래도 새언니는 어른스러운 사람이어서 그런 일은 없었다.

오빠 부부가 결혼하고 십 년 후에 이혼했을 때,

"오빠한테는 더 잘 맞는 멋진 상대가 있을 거다."

라고 기쁘게 말하던 엄마의 얼굴을 잊지 못한다.

봉안식을 마치고, 엄마와 셋이서 초밥을 먹는데, 그때까지 거의 말이 없던 엄마가,

"아이고, 숨통이 트이네."

라며 환하게 웃었다. 남매가 아버지를 보내고 만감이 교차했을 엄마를 바라봤는데, 엄마는 연어알 군함을 덥석 입에 넣고 한참 후에 꿀꺽 삼키고서 이렇게 말했다.

"속이 다 시원해. 이제 그 인간이랑 안 살아도 된다고 생각하니까."

"응?"

남매의 손이 우뚝 멈췄다.

"홀딱 속아 넘어갔었다. 열아홉 살 때 들러붙어서 아이를 만들어서는. 그러면 결혼할 수밖에 없잖아. 응? 안 그러니?"

유미코가 옆에 앉은 오빠를 바라보자, 오빠는,

"아이를 만들어서는……."

하고 넋이 나갔다.

"결혼한 후에도 이제 아이는 더 필요 없다고 했는데, 그 인간은 내가 도망치면 곤란하다고 생각했는지 또 아이를 만들어서는. 그러니까 내가 뭘 어쩔 수가 없었지."

이번에는 유미코가 고개를 숙였다.

"그래도 이제 내 세상이야. 아이고, 후련해라."

엄마는 눈앞의 초밥을 야금야금 먹어 치웠다. 기쁜지 갑자기 말이 많아진 엄마를 앞에 두고 남매는 식욕을 잃었다. 둘이서 택시를 타고 엄마를 집까지 모셨는데, 엄마는,

　"잘 가렴."

하고 환하게 웃으며 손을 흔들고는 집으로 쏙 들어갔다.

　엄마가 내린 택시 안에서 두 사람은,

　"뭐가 어떻게 된 거야?"

하고 대화를 나눴다. 남매가 아는 엄마는 전근대적이고 꼬장꼬장한 가장으로 군림했던 아버지 그늘에서 절대복종하며 살았다. 엄마가 아버지에게 불평하는 모습은 단 한 번도 본 적 없다. 엄마가 자기 생각을 드러낸 것은 새언니의 살림살이에 트집을 잡을 때뿐이었다. 무슨 일에서든 결정권은 전부 아버지에게 있었고 엄마는 그에 따랐다. 남매가 진학할 학교를 고를 때도 일단 아이들의 의견을 물어보기는 했지만, 수험을 치를 학교는 전부 아버지가 골랐다. 그중에는 갈 마음이 없는 학교도 있어서 남매가 저항했으나, 아버지의 의견은 절대적이어서,

　"이 학교는 좋은 곳이야. 떨어지면 어쩔 수 없지만 시험

은 봐라."

라고 주장했다. 수험료도 학비도 부모가 내니까 남매는 고집을 내세울 수 없어서 명령에 따랐다. 이야기가 복잡해진다 싶으면 엄마가 사이에 끼어 아이들을 설득했다. 남매의 눈에 엄마는 아버지에게 완전히 의지하며 사는 것처럼 보였다.

그런데 초밥집에서의 발언이란.

"아버지에게 속아 넘어갔다고 했지만, 엄마도 아버지를 속였다는 거네. 그것도 수십 년을."

유미코가 한숨을 쉬었다.

"속으로는 원망하면서 평생을 헌신적인 아내로 살다니 정말 대단하다. 속은 건 아버지야."

자신의 전처를 대하는 태도와 아버지를 대하는 태도의 차이를 직접 목격했던 오빠도 한숨이 나오는지, 남매는 번갈아 가며 한숨만 쉬었다.

오빠는 한동안 입을 다물고 있다가 유미코에게 말했다.

"뭐, 그래도 일단 기운을 차리셔서 다행이야. 아버지가 돌아가셨으니 앞으로는 원하는 대로 사시겠지. 아직 일흔이니까. 우울하게 지내는 것보다는 나을지도 몰라."

"오빠 말이 맞아. 엄마도 하고 싶은 일이 있을 테지. 결과 적으로 잘된 걸 거야."

남매에게 엄마의 고백은 충격적이었지만, 엄마가 아버 지의 죽음을 영원히 극복하지 못하고 우울하게 가라앉는 것보다는 지금이 낫다고 생각하기로 했다.

아버지가 남긴 돈은 의외로 적었다. 애초에 아버지의 월 급이 어느 정도인지 몰랐고, 본가의 상세한 가계 사정에 대 해서 남매는 아는 게 없었다. 그래도 학원비나 과외 등 교 육비에 돈을 아끼지 않은 기억이 있어서 상속받을 금액을 듣고도 그러려니 생각했다.

유미코는 오빠와 일주일에 한 번은 본가에 전화를 걸어 엄마의 상태가 어떤지 확인하자고 합의했다.

"기분 좋을 때를 노린 특수 사기 같은 데에 휘말릴 수도 있으니까. 방심하지 않는 게 좋겠어."

매달 첫째, 셋째 주는 오빠가, 나머지 주는 유미코가 전 화 당번을 맡았다. 약속을 지키려고 그 다음 주 토요일에 유미코가 본가에 전화를 걸었다.

"네에~, 여보세요."

스마트폰 너머로 밝은 목소리가 들렸다. 아버지가 살아 계실 적, 본가에 수없이 전화를 걸 때마다 엄마는,

"사사키입니다."

라고 차분하게 받곤 했는데, 당신은 대체 누구인지 묻고 싶었다. 유미코는 당황해서,

"저, 저기……."

하고 말을 더듬었다.

"유미코니? 저번에는 미안했다. 초밥 맛있었지."

"어, 으응. 그렇지. 초밥은 맛있었지."

이 상황에 익숙해지려고 마음을 진정시키는데,

"우냐아앙."

"야옹."

"먀앙."

하는 고양이의 우렁찬 울음소리가 들렸다.

"어머나, 다들 건강하네요."

엄마의 말이 유미코가 아니라 전화 너머의 다른 누군가에게 향한 것을 알아차렸다.

"고양이가 있어? 어떻게 된 거야? 집에 누가 오셨어?"

"그래, 이웃집에 사는 야마와키 씨. 그런데 너는 모를 거야. 얼마 전에 이사 오신 분이거든."

아아, 그래, 하고 대답하면서도 그 야마와키 씨와 고양이의 관계는 대체 뭔지, 고양이도 한 마리가 아닌 것 같은데 몇 마리나 되는 고양이를 데리고 놀러 오는 게 말이 되는지 고개를 갸웃거렸다. 그래도 딱히 문제라고 할 것도 없고 엄마도 즐거워 보여서 깊이 캐묻지 않고 전화를 끊었다.

다음 주, 오빠가 급하게 외국 출장을 가게 되어 유미코가 대신 전화를 걸었다. 그러자 지난주처럼,

"네에~, 여보세요."

하는 밝은 목소리가 들렸다.

'잘 지내? 아무 일 없고?'라고 물으려고 한 유미코의 귀에 들린 것은 지난주보다 훨씬 더 가까이에서 들리는,

"냐아아앙."

하는 활기찬 고양이 울음이었다. 그뿐만 아니라 지난주와 마찬가지로 더 멀리서 다른 고양이의 울음소리도 들렸다.

"고양이가 또 있어? 야마와키 씨가 오셨어?"

"응, 아니야. 우리 고양이."

"우리 고양이?"

그 이웃집 야마와키 씨라는 사람은 고양이를 좋아해서 자기 집에서도 세 마리의 고양이를 키운다. 지난주, 유미코가 전화하기 이틀 전에 야마와키 씨의 아들이 공원에 버려진 고양이들을 보호해 집에 데려왔다고 엄마가 설명했다.

"지난주에는 그 고양이들을 보여주려고 온 거야. 그래서 우리 집에서 키우기로 했어."

"그거야 괜찮지만, 한 마리가 아니지? 몇 마리는 되는 것 같은데."

"응, 다섯 마리."

"다섯 마리? 괜찮아? 키울 수 있겠어?"

"그게 들어보렴. 새끼 고양이 다섯 마리를 상자에 담아서 버렸다는 거야. 몹쓸 짓 아니니? 고양이 한 상자를 주웠다고 해서 내가 고스란히 받았어."

"허."

"정말 귀엽단다. 유미코도 빨리 보러 와. 어쩜 이렇게 귀여운지 몰라."

흥분한 엄마의 목소리에 추임새라도 넣는 양 새끼 고양이의 울음소리가 들렸다.

"허어."

본가에 살 적에 엄마가 고양이를 키우고 싶어 했던 기억은 없다. 그렇지만 유미코도 새끼 고양이를 보고 싶어 내일 가겠다고 대답했다. 본가 상황이 도대체 어떻게 됐는지 조사할 요량이었다.

다음 날, 본가 근처 역 앞 마트에서 고양이 간식을 사고, 인기 좋은 베이커리에서 케이크를 사서 집 초인종을 눌렀다.

"네, 네에~. 잠깐 기다려라."

잠시 사이를 두고 문이 열렸다.

"고양이를 가둬두지 않으면 밖으로 뛰어나가거든."

엄마는 이미 고양이 무늬가 프린트된 앞치마를 두르고 있었다.

"정말이지 참을 수 없게 귀엽단다."

그러면서 엄마가 몸을 배배 꼬았다.

"허어."

유미코는 할 말이 없었다. 거실로 가는 문을 열자, 세 마

리 새끼 고양이가 가느다란 꼬리를 뾰족하게 세우고,

"냐앙."

하고 울며 다가왔다.

'귀, 귀엽다.'

유미코의 표정도 저절로 흐물흐물해졌다.

"그래그래, 미안했어요. 너희 언니가 왔어. 자, 안녕하세요, 인사해야지?"

엄마가 간질간질 어린애 달래는 목소리로 말하자, 알아들었는지는 모르겠지만 새끼 고양이들이 유미코를 올려다보며,

"냐앙."

"먀아."

"야옹."

하고 입을 모아 울었다.

"아이고, 똑똑해라. 잘했다, 잘했어. 인사를 어쩜 이렇게 잘하니?"

엄마는 머리 꼭대기에서 소리를 끌어내는 것처럼 간드러지게 외치며 손뼉을 치고, 세 마리 새끼 고양이를 번갈아

가며 쓰다듬어주었다. 마당에 면한 햇볕 잘 드는 곳에서 자던 두 마리도 뛰어와 동그랗고 귀엽고 무구한 눈으로 유미코를 빤히 올려다보았다.

'끼아악!'

유미코도 잔뜩 흥분했으나, 도대체 왜 갑자기 새끼 고양이 풀코스 상태가 됐는지 좀 더 자세한 설명을 들어야 했다.

두 사람이 탁자를 사이에 두고 3인용 소파와 1인용 소파에 앉자, 새끼 고양이들이 우글우글 엄마 몸을 타고 올랐다.

"어머나, 이러면 안 되지요. 얘, 챠코. 조심하지 않으면 떨어진다. 아이고, 얘가 쿠로. 얘는 남자애야. 위험하니까 엄마 무릎에 앉으렴. 그래그래, 미미는 엄마 어깨에 있자꾸나."

엄마 몸에는 세 마리가 달라붙었고, 유미코 쪽에는 엄마가 토로라고 부르는 까맣고 갈색 무늬의 남자애, 시로라는 이름의 하얀 바탕에 갈색 얼룩이 있는 여자애가 다가와 유미코의 양쪽 가슴에 브로치처럼 달라붙었다. 폭신폭신하고 자칫 망가질 것처럼 부드럽고 따끈따끈한 아이들을 떨어뜨릴세라 유미코는 두 손으로 두 마리를 안았다. 이웃집 야마와키 씨의 아드님이 고양이가 담긴 상자를 주웠고, 엄마가 상자째 받았다는 이야기까지 들었다.

"그렇게 된 거야."

"그렇게 됐다니, 다섯 마리나 되는데 그렇게 쉽게 키우기로 해도 돼? 엄마가 고양이를 좋아한다는 소리는 못 들었는데."

"그래, 말 안 했으니까. 네 아빠가 고양이를 아주 싫어해서 말도 못 꺼냈어. 결혼했을 때는 마사오를 임신했었고, 당시에는 갓난아기에게 안 좋은 영향을 주니까 임신부가 있는 집에서는 개나 고양이를 키우면 안 된다는 말이 있었어. 그래도 나중에 너도 초등학교에 들어간 뒤에 고양이 이야기를 한번 꺼냈는데, 네 아빠가 그런 건 안 된다고 야단치고 그걸로 끝이었어. 동물을 무서워하는 건 이해하겠는데 동물을 싫어하는 사람이라니 비정하지."

"헤, 그랬구나."

처음 듣는 이야기였다. 그러고 보니 엄마와 오빠까지 셋이서 소풍이나 동물원, 수족관에 간 적은 있으나 아버지까지 함께 온 가족이 간 기억은 없다.

"그러니까 평생 고양이를 키우고 싶었던 거네."

"꼭 고양이가 아니라 강아지든 뭐든 좋았어. 하지만 네 아빠가 안 된다고 했으니까 어차피 못 키웠지. 그래도 그 귀찮은 인간이 죽었으니까 이제 상관없지, 아하하. 그러다가 이 아이들을 보니까 그냥 보낼 수가 없더라고."

엄마가 그렇게 말하며 무릎 위의 쿠로를 안아 들고 킁킁 냄새를 맡았다.

"아이고, 좋은 냄새. 고양이는 어쩜 이렇게 좋은 냄새가 날까?"

엄마는 고양이에 홀딱 빠졌다. 이전에는 이렇게 황홀경에 빠져 행복해하는 표정을 본 적 없다. 유미코가 아는 엄마는 언제나 긴장한 상태로 옷차림도 태도도 가지런한, 빈틈없는 엄마였다. 그런데 지금 눈앞에 있는 엄마는 새끼 고양이에 껌벅 죽는 할머니였다.

"고양이가 손주 대신이네."

유미코가 중얼거리자 엄마가 어리둥절한 표정을 짓고 대꾸했다.

"무슨 소리니? 손주보다 당연히 더 귀엽지."

"어? 그래?"

"그럼. 용돈을 달라느니 세뱃돈을 달라느니 하는 소리는 절대로 안 하잖아. 무조건 나한테 의지하고 애교를 부릴 뿐이잖니. 정말 귀엽다니까. 손주를 둔 친구가 많은데, 밉지는 않아도 귀찮다는 친구도 있어. 돈이 필요하거나 고급 요리를 먹고 싶을 때면 온 가족이 집에 온다더라. 게다가 말이다, 요즘은 여름방학 때 고향에 오면 주는 방학 세뱃돈인지 뭔지가 있다나 봐. 쓸데없는 관습을 만들지 말라면서 엄청 화를 내지 뭐니. 손주는 간신히 모은 돈을 빨아들이는 기계라더라."

엄마는 몸에 찰싹 달라붙은 세 마리를 평등하게 교대로 쓰다듬으며 중얼거렸다.

"아아, 얘들을 한꺼번에 쓰다듬고 싶어. 손이 몇 개 더 있으면 좋겠네."

"손주가 그러는 게 아니라 부모가 부채질하는 거 아니야?"

"그게 또, 요즘 애들은 머리가 잘 돌아가서 자기들이 알아서 돈을 뜯어내려고 한대. 그치만 고양이들은 그러지 않지. 너희가 조르는 건 밥을 먹고 싶을 때지?"

세 마리에게 말을 걸자 새끼 고양이들은 동시에 입을 크게 벌리고,

"먀옹!"

하고 울었다.

"봤지? 아주 똑똑해. 내가 하는 말을 다 알아들어. 그래 그래, 간식 먹자."

엄마가 한 마리 한 마리 소중하다는 듯 몸에서 떼어내 바닥에 내려놓고 일어서자, 유미코의 몸에 붙어 있던 새끼 고양이들도 바닥으로 내려가려고 했다. 깨질 위험이 있는 물건을 다루듯이 조심히 내려주자, 다섯 마리는 입을 모아 크게 울며 가느다란 꼬리를 바짝 세우고 엄마를 쫓아 부엌으로 뛰어갔다. 혼자 오도카니 거실에 남은 유미코가 슬쩍 부엌을 들여다보니, 다섯 마리는 엄마 발밑에 엉겨 붙어 있었고, 쿠로가 뒷발로 일어나 종아리에 매달렸다.

'어, 쿠로는 몸 위는 까만데 배 쪽에 하얀 털이 있네.'

유미코는 엄마가 오른쪽으로 가면 오른쪽, 왼쪽으로 가면 왼쪽으로 일사불란하게 이동하는 새끼 고양이 집단을

바라보며 중얼거렸다.

"아주 난리 났네."

위를 올려다보며 '주세요!'라고 외치는 새끼 고양이의 절규와 함께 엄마가 나타났다. 양손으로 든 쟁반 위에 각종 고양이 간식을 담은 그릇이 놓여 있었다. 햇볕이 잘 드는 바닥에 내려놓을 때까지 못 기다리겠는지, 쿠로와 토로 남자애들이 벌떡 일어나 그릇에 얼굴을 푹 박았다. 우냐우냐 울며 고양이들이 엄청난 속도로 간식을 먹었다.

"이 틈에 우리 볼일을 마치자꾸나."

엄마가 기쁜 티를 내며 부엌으로 돌아가 홍차와 유미코가 사 온 케이크를 쟁반에 담아 가지고 왔다.

"자, 먹으렴."

홍차를 마시며 케이크를 먹는 동안에도 엄마의 몸은 유미코 쪽이 아니라 뒤를 돌아 고양이들을 향해 있었다.

"다섯 마리라니 대단하다. 아직 어려서 괜찮지만 다 크면 힘들지 않을까?"

"새끼 고양이는 귀여우니까. 영원히 이대로면 좋겠지만 그럴 순 없지."

"괜찮겠어? 돌볼 수 있겠어?"

유미코가 묻자 엄마가 발끈한 표정을 지었다. 취직을 앞두고, 유미코가 아버지 의견에 반론했을 때 보인 표정과 같았다.

"할 수 있지. 네 아빠처럼 까탈스럽고 제멋대로인 인간과 오십 년을 같이 살았는걸. 이렇게 귀여운 아이들을 돌보는 건 매일 즐거울 거야."

"말은 그래도 앞으로 돈이 많이 들 거야. 중성화 수술도 해야 하고. 다섯 마리나 있으니까 한 마리가 감기에 걸리면 다른 아이들이 옮을 가능성도 있어. 우리 회사에 한 마리만 키우는데도 의료보험이 안 돼서 힘들다고 하는 사람이 있거든. 그에 다섯 배잖아. 야마와키 씨한테 상담해서 키울 사람이 있으면 아직 어릴 때 데려가라고 하는 게 좋지 않겠어?"

유미코는 엄마의 경제적인 부담을 걱정해서 한 말인데, 엄마는 얼굴을 찌푸렸다.

"무슨 소리니? 이 아이들이 얼마나 사이가 좋은데. 나도 단 한 마리라도 다른 데 보내기 싫고. 남매를 찢어놓으라는 소리를 잘도 하네. 너, 정말 비정한 사람이구나. 아빠를 닮아서 그러나? 싫어라."

엄마야말로 그 비정한 사람을 줄곧 속여왔잖아, 라고 말하고 싶었지만 유미코는 꾹 참았다.

"그래도 돈 문제는 중요해. 돈을 댈 수 없게 되면 아이들이 불쌍하잖아."

그러자 엄마가 싱긋 웃으며,

"괜찮아."

하고 가슴을 폈다. 간식을 먹어 만족한 새끼 고양이들은 어느새 양지바른 곳에 놓아둔 세 개의 고양이 침대에 누워 있었다. 앞발로 얼굴을 문지르거나 옆에 누운 아이의 얼굴을 핥는 아이도 있는데 정말 사랑스럽다.

"몇 시간을 지켜봐도 안 질려."

고양이 침대 세 개는 파스텔 분홍, 초록, 파란색의 동그란 형태로 부들부들한 재질에 고양이 무늬가 작게 프린트됐다. 유미코가 아는 엄마의 취향과는 거리가 멀다.

"이제부터 낮잠 잘 시간이야."

살짝 짜증이 났던 유미코도 새끼 고양이들의 모습을 보

니 차분해졌다. 세 개나 있으니까 떨어져서 자면 될 텐데 침대 하나에 억지로 네 마리가 자는 광경이 재미있었다. 토로는 옆 침대에서 혼자 자는데, 두 앞발을 모두가 자는 침대 가장자리에 걸쳤다. 쿠로는 다른 아이들에게 깔려 있는데, 답답하지도 않은지 눈을 감고 잠들었다.

한동안 모녀는 말없이 잠든 새끼 고양이를 지켜보았는데, 문득 엄마가 다짐하듯이,

"괜찮아."

라고 하는 말에 정신을 차렸다.

"정말로? 지겹게 들리겠지만 한 마리에 드는 비용의 다섯 배가 들어."

유미코의 말을 들은 엄마가 쓱 일어나더니 옆의 다다미방으로 들어갔다. 도대체 뭘 하나 싶어 거실과 다다미방을 나누는 미닫이문을 바라보는데, 엄마가 커다란 갈색 자루를 끌고 왔다. 지금은 문을 닫았지만, 예전부터 집에 쌀을 배달해 준 역 앞 쌀가게 이름이 인쇄된 쌀자루다.

"이만큼 있으니까 괜찮아."

엄마가 꼭 틀어 묶은 자루의 입구를 벌렸다.

"이게 뭐야?"

안을 들여다보자, 이십 킬로그램짜리 쌀자루에 지폐가 한가득 들어 있었다.

"이게 뭐야?"

유미코는 놀라서 같은 말을 반복했다.

"후후후, 오십 년분의 비자금."

"에엑!"

예전에는 월급이나 상여금을 지금처럼 계좌로 받는 게 아니라, 현금으로 직접 받았기 때문에 월급날 아버지에게 돈이 든 봉투를 받으면 엄마는 먼저 자기 비자금을 챙겼다. 아버지에게 들키지 않으려고 생활비를 절약하며 비자금을 불렸다고 한다.

"잘도 안 들켰다."

"네 아빠는 큰돈이 필요할 때야 통장을 봤지만 가계부는 전부 나한테 맡기고 자질구레한 일에는 참견하지 않았어. 전혀 의심하지 않았지. 돈을 아래에 깔고 위에 천을 개켜서 쌓아놨으니까 안을 봐도 몰랐을 거야."

"그나저나 이게 전부 얼마야?"

"얼마 전에 세어봤는데 삼백만까지 세고 귀찮아서 그만 뒀어."

"하……."

남매는 아버지가 돌아가신 뒤 엄마의 생활을 걱정했다. 아버지가 통장에 남긴 금액이 예상보다 적었고, 엄마는 평생 전업주부여서 일한 경험이 없다. 설마 이런 데 돈을 모아뒀으리라고는 상상도 못 했다. 일단 모아둔 돈이 있어서 다행이지만, 앞으로 다섯 마리 고양이가 성장할 것을 생각하면 딸로서는 걱정이 앞섰다. 오빠도 그렇고 자신도 회사원이어서 그다지 여유로운 생활을 누리지는 못하니, 솔직히 부담이 커지면 곤란한 부분도 없잖아 있다.

"알았어, 내가 세어볼게."

홍차를 마시고 케이크를 먹어 치운 유미코가 말했다.

"응? 여기서?"

"아버지도 돌아가셨으니까 돈 문제는 제대로 파악해 두는 게 좋잖아."

엄마는 조금 당황했지만, 유미코의 주장에 고개를 끄덕이고, 자루를 뒤집어 안에 든 지폐를 바닥에 쏟았다. 현재

유통되는 지폐 이외에 이와쿠라 도모미가 그려진 옛날 생각 나는 오백 엔 지폐, 나쓰메 소세키와 이토 히로부미의 천 엔 지폐, 니토베 이나조와 쇼토쿠 태자의 오천 엔 지폐, 후쿠자와 유키치와 쇼토쿠 태자의 일만 엔 지폐가 나왔다.[*] 바닥에 깔린 지폐의 주름을 펴서 금액별로 늘어놓아 보니 천만 엔을 넘는 금액이었다. 놀라는 유미코를 무시하고 엄마는,

"어머나, 어머나."

하고 기뻐했다. 아버지 통장에 돈이 적었던 이유를 알겠다.

---

[*] **이와쿠라 도모미**: 에도 시대 말기부터 메이지 시대 초기에 활동한 정치인. 1994년까지 오백 엔 지폐의 도안 인물이었다.
나쓰메 소세키: 일본 최초의 근대 문학가인 메이지 시대의 문호. 2004년까지 천 엔 지폐의 도안 인물이었다.
이토 히로부미: 일본의 메이지 유신을 이끈 인물로, 일본의 내각총리대신. 을사늑약을 강제 체결한 자이다. 1984년까지 천 엔 지폐의 도안 인물이었다.
니토베 이나조: 메이지·쇼와 시대의 사상가이자 농경제학자, 정치인. 1984년부터 2004년까지 오천 엔 지폐의 도안 인물이었다.
쇼토쿠 태자: 6세기 말에서 7세기 초의 섭정이자 정치가. 1984년까지 오천 엔과 만 엔 지폐의 도안 인물이었다.
후쿠자와 유키치: 에도·메이지 시대의 계몽 사상가로 일본의 근대화에 큰 역할을 했으며 현재도 쓰이는 만 엔 지폐의 도안 인물이다.

"이 정도면 고양이들도 괜찮겠지? 얘들이 학교에 가는 것도 아니니까."

"하지만 다섯 마리라고, 다섯 마리."

"알고 있다니까."

유미코는 돈을 세느라 완전히 녹초가 되어 집에 돌아왔다. 오빠가 집에 돌아왔을 시간을 기다려 상황을 전달했다.

"돈을 그렇게 모아뒀다고? 그런데 평생 한 마리당 이백만 엔으로 충분한가?"

"그러니까. 그게 걱정이야."

"십팔 년쯤은 살 테고 아프면 보험도 없지."

"그래도 엄마, 지금 아주 신나서는, 그냥 귀여워서 어쩔 줄 모르셔."

"어렸을 때, 엄마가 나한테 작아진 팬티의 앞을 꿰매서 너한테 입히려고 했었지. 네가 싫다고 엉엉 울어서 포기했지만. 그렇게 절약해서 돈을 모았구나."

오빠가 갑자기 옛날이야기를 꺼냈다. 유미코도 기억이 났다.

"맞아. 고무줄 부분에 사사키 마사오라고 까만 매직으로 이름까지 적힌 거였어. 그거 떨이로 대량 구매한 거였지. 딸한테는 그래놓고 고양이들은 아주 상전으로 모시네."

"엄마가 돌아가신 후에 고양이를 돌보는 건 우리잖아. 고양이야 귀여우니 괜찮긴 한데."

"엄마랑 고양이를 모두 돌봐야 할지도 몰라."

남매는 생길지 모르는 최악의 상황을 생각해 두는 게 좋겠다고 의견을 모았다. 전보다 밝아지고 신난 엄마를 보면 다행이라는 생각이 들면서도 당신 수발을 들어야 하는 자식들의 앞으로의 생활은 어쩌라는 거냐고 묻고 싶었다. 하지만 엄마는 지금 사랑스러운 새끼 고양이들과 하루하루가 행복해서 자식들 사정 따위 염두에도 없을 것이다.

유미코는 고양이를 여러 마리 키우니까 중성화 수술을 제대로 하라고 엄마에게 단단히 일렀다. 그 후, 발정이 온 낌새가 있다는 연락을 받고 병원에 데려가려고 했는데, 엄마가 수술을 시키기엔 불쌍하다며 떨떠름한 기색을 보였다.

"이게 다 고양이를 위한 거야."

유미코는 그런 엄마를 무시하고 고양이들을 병원으로 데려가 무사히 다섯 마리의 수술을 마쳤다. 엄마는,

"아팠지? 힘들었지? 정말 미안하다."

라며, 아무 문제 없이 건강하게 돌아온 고양이들을 쓰다듬으며 흐느꼈다.

그로부터 일주일 후, 본가에 전화를 걸었다.

"수술하느라 고생한 게 너무 불쌍해서 스크래처를 샀다."

스크래처는 슈퍼마켓에서 천오백 엔 정도에 파는데, 엄마는 삼만 엔 가까이 하는 상품을 샀다고 자랑했다.

"설마 한 마리에 하나씩 사준 건 아니지?"

"그러고 싶었는데 방이 좁아서 세 개만 샀어."

하나밖에 없는 딸은 오빠의 낡은 팬티를 입을 뻔했는데 고양이님들은 삼만 엔이나 하는 스크래처를 쓰신다.

"다들 정말 좋아하더라."

"허, 그거 다행이네."

유미코는 힘이 빠져서 할 말이 없었다.

다섯 마리 새끼 고양이에게 멋지게 함락된 엄마와 마찬가지로 유미코도 새끼 고양이들에게 함락됐다. 자기 집에 혼자 있을 때면 고양이들을 만지고 싶은 마음이 간절했다.

고양이들이 부들부들하고 망가질 것 같은 네 다리로 힘껏 버티면 그 자그마한 몸에 힘이 넘친다. 말을 걸면 유미코의 얼굴을 빤히 바라보고,

"야옹."

하고 귀엽게 운다. 입 사이로 보이는 앙증맞은 이빨도 귀엽다. 어디 한 군데 빠짐없이 귀엽다. 아버지가 돌아가신 후로 엄마가 걱정되니까 예전보다 본가를 자주 찾아야겠다고 생각했는데, 지금은 엄마보다 고양이가 목적이다.

새끼 고양이들은 빠르게 성장해 집에 갈 때마다 커졌다.

"어머, 어서 오렴."

이제는 아주 밝아진 엄마가 집에서 입는 옷엔 온통 고양이 무늬였다.

'엄마, 그 조합은 좀······.'

딴지를 걸고 싶어지게 상의는 화려한 분홍색 고양이 무늬의 플리스, 하의는 마찬가지로 화려한 하늘색 바지를 입었다. 심지어 옆면에는 고양이의 귀여운 얼굴 일러스트가 잔뜩 프린트된 테이프가 달렸다.

"그 옷, 어디서 샀어?"

"역 앞 상점가. 이 바지 귀엽지? 보렴, 여기 쿠로, 여기 토로, 여기 시로랑 챠코랑 미미까지 다 있어. 얘들이랑 같이 있으면 좋은 옷은 못 입거든. 다들 안아달라고 하도 조르니까 안아주잖니? 그러면 털이 말도 못 하게 달라붙어. 같이 놀려면 이런 옷이 제일 편하고 좋아."

"아하, 그렇겠네."

마당에 널어둔 빨래를 보자, 고양이 무늬가 프린트된 화려한 의류가 가득했다. 자기 품위는 이제 아무래도 좋아졌나 본데, 엄마의 목소리는 훨씬 더 높아졌고 동자도 팔팔했다.

한편, 집 안은 새끼 고양이들이 온 후로 완전히 바뀌었다. 집이 조금이라도 어수선한 걸 싫어했던 아버지는 장지에 바른 창호지가 조금만 찢어져도 빨리 고치라며 엄마를 나무랐다. 그래서 장지에는 늘 창호지가 빳빳하게 붙어 있었다. 그런데 지금 장지 상태는 폐가나 마찬가지였다. 거의 모든 종이가 쫙쫙 찢어져서 제대로 붙은 곳이 없었다. 게다가 고양이들이 찢어진 곳을 재미있어하며 드나들면서 구멍을 키웠다. 그뿐만 아니라 남자애인 쿠로와 토로는 경쟁

이라도 하는 듯이 문살을 타고 올라 제일 높은 곳까지 간다. 그러기만 하면 좋은데, 내려오질 못해서,

"먀옹먀옹!"

하고 크게 울며 도움을 요청한다. 고양이님에게 큰일이 생긴 걸 알고 엄마와 유미코가 급하게 달려가면, 제일 높은 문살에 필사적으로 매달린 두 마리가 슬픈 표정을 짓고 이쪽을 바라보며 더욱 큰 소리로,

"미야아아."

하고 울었다.

"어쩜 좋아. 잠깐 기다리렴."

엄마는 아버지가 쓰던 의자를 가지고 왔고, 유미코가 그 위에 올라가 무사히 두 마리를 구출했다. 이내 엄마에게 안긴 새끼 고양이들은 안심했는지, 쿠로는 엄마 가슴에 머리를 연신 비볐고 토로는 유미코의 품에 달라붙어,

"먀옹, 먀옹."

하고 작게 울었다.

"이제 괜찮아."

모녀가 같은 말을 속삭이며 거실로 돌아가려고 하자, 호

기심 많은 여자애 세 마리가 '무, 무슨 일인데? 무슨 일 있
었어?' 하고 말하듯 달려왔다. 다리에 달라붙는 통에 자칫
하면 밟을 것 같았다. 유미코는 토로를 품에 안고 고양이들
을 밟지 않으려고 발끝으로 서서 피하며 걷느라 장딴지가
당겼다.

"으아악, 아파!"

울먹이며 소파까지 와 토로를 바닥에 내려놓고는, 하아
하고 한숨을 쉬며 앉았다.

"너무 위험하다니까. 나도 부엌에서 요리하다가 아이들
을 몇 번이나 밟았어."

"헉, 조심해야지."

"바로 병원에 데려갔는데 아무 일 없었으니까 괜찮아."

그러세요, 고양이는 곧바로 병원에 데려가시네요, 하고
유미코는 생각했다. 초등학생 때 코가 막혀 괴로웠는데, 엄
마가 병원에 데려가지 않고 코 밑에 멘소래담을 발라주고
'이러고 얌전히 자면 나아'라고 말했던 기억이 있다. 그걸
로 낫긴 했지만, 오빠에게 물려받을 뻔한 팬티 사건까지 고
려했을 때, 딸과 고양이를 대하는 태도가 너무 다르다는 생

각이 들었다.

고양이들은 밥을 주는 엄마에게 엉겨 붙어 엄마가 오른쪽으로 가면 오른쪽, 왼쪽으로 가면 왼쪽으로 따라갔다. 그러나 배가 고플 때만 그러고, 밥이나 간식을 먹어 배가 빵빵하게 부르면 이리 오라고 아무리 불러도 모두 못 들은 척했다.

"저것 좀 보렴. 자기들이 흥미 없을 때는 저런다? 정말 실례 아니니."

그럴 때 엄마는 이렇게 말하며 진심으로 화를 냈다.

"졸리니까 그러지. 자게 둬. 고양이는 원래 잠을 많이 잔다니까 자게 둬야 해."

"그건 아는데 내가 놀고 싶을 때 안 놀아주잖아."

엄마는 고양이도 자기도 밥을 먹고 한숨 돌린 뒤에 느긋하게 놀고 싶은데, 그러면 고양이들은 잠든다.

"회사 동료도 그랬는데, 고양이는 사람이 원하는 대로 안 되니까 귀여운 거래."

엄마는 불만스러운 표정이었지만, 고양이 침대에서 잠든 고양이들을 바라보다가 갑자기 우후후 웃었다.

"쟤들 좀 봐. 귀엽지. 쿠로랑 토로가 부둥켜안고 잠들었어. 아, 챠코가 시로랑 미미 아래에 깔렸는데 괜찮을까?"

그러고는 가까이 다가가 쪼그려 앉았다. 유미코는 가방에서 스마트폰을 꺼내 고양이들이 자고 있을 뿐인 구도를 동영상으로 촬영했다.

"이것 좀 보렴. 챠코가 오른발을 번쩍 들었어. 젤리가 분홍색이야. 어쩜 이렇게 귀엽지?"

엄마가 코를 가까이 대고 젤리 냄새를 킁킁 맡았다.

"아, 귀여워, 귀여워."

검지로 젤리를 살짝 만지자, 챠코가 눈을 감은 채 쬠쬠을 했다.

"아이고!"

엄마가 감격하는 사이, 쿠로와 토로가 몸을 젖히더니 벌러덩 하늘을 보는 자세로 바꾸었다. 밥과 간식을 잔뜩 먹어서 볼록한 배가 위아래로 움직였다.

"아아, 어쩌면 좋아. 배두렁이를 둘러주고 싶구나."

엄마는 몸부림을 쳤다. 유미코가 배두렁이 후보 두 마리를 촬영하는 걸 보더니 엄마가 물었다.

"얘, 그거 엄마 휴대폰으로는 못 보지?"

"응, 엄마는 피처폰이니까."

"스마트폰이면 촬영한 걸 볼 수 있니?"

"내가 영상을 보내면 볼 수 있어. 엄마도 스마트폰으로 바꾸면 언제든지 영상을 촬영할 수 있고."

그렇게 말하자 엄마가 깜짝 놀라더니,

"스마트폰으로 바꿔야겠다."

라고 말했다.

"꾸물거리다가 아이들이 커버릴 테니까, 이렇게 귀여울 때를 촬영해 두고 싶어."

"그럼 사러 갈 때 같이 갈게. 그때까지 내가 영상을 촬영하면 되지."

유미코가 말하자 엄마는 이 각도가 좋다, 토로는 여기 배를 줌해서 찍어라, 혀를 조금 내밀고 자는 시로와 그 아래 깔린 챠코의 왼발이 시로의 목 위에 있는 게 귀엽다 말하며 촬영 각도를 상세하게 지시했다.

"찍었니? 잘 찍었어?"

"네네, 괜찮아."

촬영한 영상을 보여주자 엄마가 몸을 배배 꼬았다.

"어머, 이를 어쩌니. 너무 귀여워."

유미코도 귀여운 새끼 고양이들을 찍어서 만족했다. 해가 질 때가 되어 돌아가려고 하자 엄마가 말했다.

"얘, 엄마한테 촬영한 영상을 보내면 네가 곤란하지 않니? 더 많이 찍고 가지 그러니?"

처음에는 무슨 말인지 이해를 못 했는데, 엄마는 자기에게 영상을 보내면 유미코의 스마트폰에서 영상이 사라진다고 생각한 모양이었다.

"엄마한테 보내도 지우지 않는 한 내가 가진 영상이 사라지진 않아."

"어머, 대단하네. 그거 좋구나."

유미코는 스마트폰을 사러 갈 날을 엄마와 약속하고 집에 돌아왔다.

유미코는 엄마가 준 냉동 함박스테이크를 조리하고, 돌아오는 길에 편의점에 들러 산 샐러드를 곁들여 먹었다. 그런 뒤 샐러드와 함께 사 온 아이스크림을 먹으며 고양이들의 영상을 보는데, 자연스레 표정이 부드러워지고 헤실헤실 웃음이 나왔다. 그러다 그런 자기 모습을 깨닫고는 쓴웃음을 지었다.

"모르는 사람이 이런 얼굴을 보면 바보라고 생각하겠지."

새끼 고양이를 보고 있으면 회사에서의 '무서운 선배'나 '상사도 두려워하는 직원' 같은 수식어가 연기처럼 사라진다. 그저 고양이를 좋아하는 마흔여섯 살 먹은 여자다.

"그러면 됐지, 뭐~."

새끼 고양이의 영상은 아무리 봐도 질리지 않고, 볼 때마다 새로운 발견이 있었다. 쿠로의 귀 털이 의외로 길고, 토로의 턱 아래에도 무늬가 있고, 시로의 허벅지 안쪽에 동그란 갈색 무늬가 있는 것 등등이다.

"엄마도 알고 있을까?"

눈에 넣어도 안 아플 정도로 귀여워하니까 다음에 만나면 물어봐야겠다. 모른다고 하면 일부러,

"뭐야, 몰랐어?"

라고 말해서 화내는 모습을 봐야지.

다음 휴일에 유미코는 엄마와 만나 스마트폰을 사러 갔다. 수많은 패스워드 설정에 혼란스러워했지만 엄마 손에

는 마침내 스마트폰이 들어왔다.

"이제 고양이들을 마음껏 촬영할 수 있어. 그렇지, 저번에 찍은 영상, 바로 보내주렴."

밖에서 밥이라도 먹자는 유미코의 제안에, 엄마는 고개를 저으며 고양이들이 기다리니까 백화점 식품 매장에서 2인분 도시락을 사서 집에서 먹자고 주장했다.

"네, 알았어요."

유미코는 엄마가 시키는 대로 짐꾼이 되어 본가로 돌아갔다. 집에 가까워지자 엄마의 발걸음이 급해졌다. 문을 여는 그 잠깐도 안타까워하며 현관에 신발을 벗어 던지고 집으로 들어가더니,

"다녀왔어요! 엄마가 돌아왔어요!"

하고 크게 외쳤다.

'엄마가 아니라 할머니지.'

유미코는 속으로 중얼거렸다. 유미코도 엄마를 쫓아가자, 자고 있던 새끼 고양이 중 쿠로와 토로와 시로가 눈을 뜨고 힘차게 기지개를 켜고서 다가왔다. 다들 꼬리를 바짝 세웠다.

"신났네?"

유미코도 바닥에 앉아 아이들을 쓰다듬어주자,

"그럼. 다들 나를 아주 좋아하거든."

하고 엄마가 자랑스럽게 말했다.

'그야 밥을 주는 사람이니까.'

이렇게 말해주고 싶었지만 가만히 있었다.

"다들 미안하다. 엄마가 없어서 쓸쓸했지? 간식 줄게."

엄마가 부엌에 가자, 자던 고양이들도 벌떡 일어나 엄마 뒤를 와글와글 쫓아갔다. 미미가 '헉, 늦었다!' 하고서 허둥지둥 뛰어가다가 바닥에 살짝 미끄러졌다. 저렇게 허둥거리는 모습도 사랑스럽다.

"그래그래, 알았어요. 아아, 거기 올라가면 안 돼. 앗!"

엄마의 비명과 동시에 와장창 시끄러운 소리가 났다. 유미코가 급하게 부엌으로 가자, 바닥에 깨진 식기가 널려 있었다. 새끼 고양이들은 소리에 놀랐는지 다들 '앗!' 하는 표정으로 그 자리에 굳어 있었다. 조리대 위에 쿠로가 있는 것으로 보아 저 아이가 떨어뜨린 모양이다.

"아기들 귀여운 발에 조각이 박히면 안 돼! 얘, 유미코.

멍청히 있지 말고 얼른 청소기를 가지고 와!"

고양이를 대할 때와 자신을 대할 때 엄마의 말투가 너무 다른 게 아닌가 생각하며 유미코가 서둘러 청소기를 가지고 왔을 때, 엄마는 이미 고양이 다섯 마리를 조리대 위로 올린 뒤였다.

"얼른 청소기 돌리렴. 작은 조각이라도 남으면 큰일이야."

유미코가 청소기를 켜자, 소리에 놀란 고양이들이 다급하게 조리대 위를 달려 부엌에서 도망쳤다.

"아아아!"

엄마도 허둥지둥 고양이들을 쫓아갔다. 유미코는 작은 조각 하나라도 남지 않게 몇 번이나 청소기로 그 자리를 왕복했다. 또 혹시 모르니 걸레로 바닥을 훔쳤다. 문득 고개를 들자, 청소기 소리가 들리지 않는 틈을 노려 돌아온 고양이들이 엎드려서 바닥을 훔치는 유미코를 물끄러미 바라보고 있었다.

"이제 괜찮아."

유미코가 말을 걸자, 모두 눈을 동그랗게 뜨고 바닥을 보았다. 시로가,

"먀옹."

하고 울었는데 마치 고맙다고 말하는 것 같아서 기뻤다.

"그래그래, 간식 먹을까?"

고양이들도 이미 어디에 뭐가 있는지 잘 아는지, 엄마가 간식을 넣어두는 바구니에 손을 뻗자,

"와아옹, 와아옹."

하고 큰 소리로 울기 시작했다. 쿠로가 벌떡 일어나자 뒤처지지 않겠다는 듯이 토로도 일어났으나 휘청거리다가 쿠로를 붙잡고 결국 두 마리 다 쓰러지기를 반복했다. 여자애들은 입을 모아 울며 엄마에게 달라붙어 졸라댔다.

"아이고."

유미코는 고양이들의 행동이 귀여우면서도 이 아이들이 자라면 과연 어떻게 될지 상상했다. 식욕 왕성한 쿠로와 토로는 발 생김새가 든든한 것을 보면 제법 커질 것이다. 여자애들도 남자애들과 비교하면 마른 편이나 역시 식욕이 왕성하고 운동량도 대단하다. 남자애들은 문살 오르기처럼 위아래로 움직이고, 여자애들은 어마어마한 힘으로 바닥을 뛰어다닌다. 가끔은 힘이 남아돌아 벽까지 질주한다.

"이거 큰일이네."

앞으로 나이를 먹을 엄마가 오 년 후, 십 년 후에 이 활발한 다섯 마리 고양이들을 돌볼 수 있을지 진심으로 걱정됐다. 오빠와 함께 돌보는 것에 문제는 없지만, 너무 사치스럽게 생활하면 남매가 맡았을 때 경제적으로 곤란해진다.

엄마가 고양이에게 사주는 사료와 간식은 모두 슈퍼마켓에서 간편하게 살 수 있는 것이 아니라 고급 반려동물용품점에서 파는 외국 제품들이다. 간식 이십 그램이 팔백 엔 이상이라는 소리를 듣고, 편의점에서 백 엔 단위의 간식을 사 먹는 유미코는,

"인간 이상이네?"

하고 기겁했다.

"우리 아이들은 저럼한 걸 안 먹더라. 왜 그럴까?"

고개를 갸웃거리는 엄마에게 유미코가,

"엄마가 그런 것만 주니까 그렇지."

하고 지적했다.

"한번 비싼 걸 주면 저럼한 건 먹기 싫은가 봐. 안 먹는 건 이 아이들을 데려다준 야마와키 씨한테 나눠주고 있어.

꼭 이 가게에서 파는 것만 먹더구나."

고양이들의 사료, 간식 가격은 평균의 세 배 정도라고
했다.

"괜찮겠어? 이대로는 비자금도 금방 사라질 거야."

"그럴까?"

"당연하지. 매일 먹는 사료도 비싸고, 앞으로 고양이들이
병원에라도 다니면 병원비도 엄청날걸."

"어머, 부족할까?"

"부족하지요. 다섯 마리야, 다섯 마리."

유미코가 힘주어 말했다.

"그런가? 하지만 아이들이 이 간식을 얼마나 좋아하는데."

고양이들은 우냐우냐 작게 울며 정신없이 간식을 먹었다.

"애초에 고양이한테 간식이 필요해? 배부르게 사료를 먹
으면 충분하잖아."

"그래도 간식을 주면 좋아한단 말이야."

엄마가 발끈해서 반응하더니 고양이의 등을 번갈아 쓰
다듬으며 속삭였다.

"언니가 못된 소리를 하네. 너희한테 간식을 주지 말래.

다 같이 마구 할퀴어주렴."

"뭐?"

간식을 다 먹은 고양이들이 못 들은 척하는 게 다행이었다. 엄마는 방금 산 스마트폰으로 고양이들을 열심히 촬영했다.

유미코는 처음부터 저렴한 사료로 바꾸면 아이들이 먹지 않을 테니까 조금씩 섞어서 주고 보름 정도 후에 저렴한 것으로 완전히 바꾸면 된다고 조언하고 나서 집에 돌아왔다. 그랬더니 그 후로 엄마는 앙갚음이라도 하는 양 고양이들이 저렴한 사료를 먹지 않는 영상을 찍어 보냈다. 부엌에서 엄마가 저렴한 사료를 그릇의 삼 분의 일 분량만큼 담는 모습이 보였고, 그걸 고양이들 앞에 놓아주자 우르르 몰려들어 밥을 먹는 듯했으나 삼 분의 일만큼이 고스란히 남은 영상이다.

"그러니까 섞어서 줘야 한다니까?"

유미코가 화를 내며 다음 영상을 봤는데, 엄마는 마찬가지로 삼 분의 일 분량을 평소 먹는 사료에 섞어 그릇에 놓았다. 그러자 고양이들이 달려왔지만, 킁킁 냄새를 맡은 다

음 엄마를 보고 야옹 울었다. 쿠로가 한 번 더 냄새를 맡긴
했지만 먹지 않았다. 다섯 마리 새끼 고양이는 너무도 슬픈
표정을 짓고는,

"히웅."

"야웅."

하고 역시 너무도 슬프게 곡소리를 냈다.

"아아, 괴롭히려는 건 아니야. 미안해."

그 모습을 본 유미코가 스마트폰 화면에 대고 사과했다.
엄마가 평소 먹는 사료를 놓아주자, 고양이들은 '기다렸어
요! 이거예요, 이거!'라는 듯이 꼬리를 바짝 세우고 힘차게
밥을 먹었다. 거기에 엄마의,

"이제 아시겠습니까? 이런 상태랍니다."

라는 억양 없는 해설이 나오고 영상이 끝났다.

유미코는 직접 나서는 수밖에 없겠다고 판단해 슈퍼마
켓에서 파는 사료 중 가장 비싼 사료를 사보았다. 엄마가
영상에서 준 사료보다 비싸지만 지금 먹는 것보다는 훨씬
싸다. 그걸 가지고 본가에 가보니, 폐가 같은 방에 천장까
지 닿을 커다란 캣타워가 두 대 있었고, 다섯 마리가 각자

편한 곳에서 느긋하게 누워 있었다.

유미코가 그 모습을 힐끔거리며 사 온 사료 봉지를 뜯자, 다들 캣타워에서 내려와 봉지를 들여다보고 냄새를 맡았으나 금세 퉁명스럽게 자리를 떠났다.

"그것 보렴, 우리 아이들은 입이 고급이란 말이야."

엄마는 기쁜 모양인데, 유미코는 '뭐가 그것 보렴이야?' 하고 화가 났다.

"귀여운 건 알겠는데 한 마리라도 호화롭게 키우는 건 힘들대. 그게 다섯 배야, 다섯 배……."

유미코가 진지하게 타일러도 엄마는 응응 고개를 끄덕이며 무릎 위로 차례차례 올라오는 아이들을 상대했다.

"지금 궤도 수정을 안 하면 나중에 힘들어."

"고양이가 마음에 들어 하면 스크래처는 비싸든 저렴하든 똑같잖아."

"필요 이상으로 호화롭게 키우는 건 주인의 자기만족이야."

유미코가 한 호흡에 말하고 난 뒤 앞을 보자, 고양이들이 엄마의 머리, 어깨, 무릎 위에 주렁주렁 앉아서는 다 같이 유미코의 얼굴을 빤히 바라보고 있었다.

유미코가 꿀꺽 말을 삼켰다.

"보렴, 너무 무서운 소리만 하니까 아이들이 전혀 네 곁에 가질 않잖니. 그렇지? 언니가 무서워서 싫지?"

엄마는 의도적으로 고양이에게 말을 걸었고, 고양이들은 엄마를 올려다보며,

"야옹."

하고 차례차례 울었다.

'어, 어떻게 된 거야, 얘들은. 세뇌됐나?'

유미코는 할 말을 잃고, 엄마와 나무에 앉은 새처럼 엄마에게 들러붙은 고양이들을 바라보았다. 그러다 쿠로와 토로가 엄마의 머리와 어깨 위에 있기 지겨워졌는지 폴짝 바닥으로 뛰어내리더니 쫓기 놀이를 시작했다. 그 모습을 본 시로도 엄마 어깨에서 홀쩍 뛰어내려 남매 뒤를 쫓아갔다. 남은 챠코와 미미는 엄마 무릎 위에 느긋하게 앉아 있었다. 눈을 껌벅거리는 것을 보니 그대로 잘 건가 보다.

"이렇게 귀여운 줄은 몰랐어."

엄마가 황홀한 표정으로 무릎 위의 새끼 고양이들을 쓰

다듬었다.

"그야 귀엽긴 하지."

"그렇지? 그러니까 괜찮잖니. 내 돈으로 하는 건데."

"그러니까 그 엄마 돈으로 부족할 거라고. 고양이용 가계부는 잘 쓰고 있어? 비자금이 넉넉하다고 너무 마음 놓은 거 아니야?"

"너무 닦달하지 좀 말아라. 뭐 어떠니? 네 아빠가 죽은 후로 귀찮아서 가계부는 안 쓴다."

엄마가 발끈했디.

"그럼 내가 계산해 줄게."

유미코는 새끼 고양이 한 마리당 처음 예산인 이백만 엔, 그리고 지금까지 쓴 호화로운 스크래쳐, 중성화 수술, 사료, 간식 비용을 스마트폰 계산기로 계산했다.

"들어봐요, 집고양이는 이십 년 가까이 산대요. 병원에도 데려가야 하니까 지금처럼 계속 사치스럽게 살면 파산입니다."

거기에 고양이를 키우는 동료의 이야기로 추측한 병원 치료 비용 등을 더해 스마트폰을 엄마 앞에 내밀었다.

"약값도 한 달에 십삼만 엔이 들 때도 있다고 들었어요. 수술이 필요할 경우는 훨씬 비싸지겠죠."

엄마는 묵묵히 숫자를 바라보고는 한숨을 쉬었다.

"어중간한 기분으로 키우면 안 돼. 마지막까지 책임을 져야 하잖아."

"그쯤은 나도 알아."

점점 더 기분이 상하는지 엄마가 고개를 팩 돌렸다. 무릎 위의 고양이들은 이미 세상모르고 잠들었다. 엄마는 옆을 보며 중얼중얼 뭐라고 말했다. 무슨 소리를 하나 귀를 기울였더니, 아버지의 책장이나 책상, 기모노나 하오리*, 손목시계는 필요 없으니까 팔면 된다는 소리였다.

'유품을 팔겠다고? 애초에 그다지 고급품도 아닌데 그런 게 돈이 될 리 없잖아.'

유미코는 기가 막혔으나 지금 또 지적하면 분위기가 심각해질 걸 아니까 잠자코 있었다.

그 후로 엄마는 유미코와 시선을 마주하지 않고 고양이

---

* 골반이나 허벅지까지 오는 일본의 전통 겉옷.

들과만 대화했다. 모녀의 상태를 알아차린 건지는 모르겠지만, 자다가 깬 미미가 엄마 무릎에서 유미코의 무릎 위로 이동했고, 받쳐주려는 유미코의 손을 할짝할짝 핥았다. 까끌까끌했다.

"고마워. 미미는 다정하구나. 고마워."

머리와 턱 밑을 쓰다듬어주자 눈을 가늘게 뜨고 기뻐하며 골골거리더니,

"아웅."

하고 작게 울었다. 그 목소리에 유미코는 심장을 덥석 붙잡힌 기분이었다. 무릎 위 보송한 생물의 온기에 한동안 멍하니 있는데, 뛰어갔던 쿠로와 토로가 각자 좋아하는 낚싯대 장난감을 입에 물고 돌아왔다. 그보다 한 걸음 늦게 쫓아온 시로가 갑자기 점프해 토로 위로 떨어졌다. 토로가 충격을 받고 데굴 구르자 그 틈에 시로가 낚싯대를 빼앗았고, 가만두지 않겠다는 듯이 토로가 시로를 쫓아가는, 지켜보는 사람의 눈이 핑핑 도는 장난감 쟁탈전이 벌어졌다.

"장난감은 또 있잖니? 시로, 이건?"

유미코가 입에 물면 소리가 나는 쥐 모양 장난감을 보여

쥐도 전혀 관심이 없다. 세 마리 고양이는 온 집안을 뛰어다니며 기둥과 벽에 마구 들이박기를 반복한 끝에 간신히 진정했다. 이제 차분해졌나 싶더니 이번에는 고개를 들고 엄마를 바라보며 진지한 표정으로 야옹야옹 울었다.

"그래그래, 간식 달라고? 알았다."

엄마가 힐끔 유미코를 보더니, 무릎 위의 챠코를 바닥에 내려놓고 부엌으로 갔다. 유미코의 무릎 위에 있던 미미도 잽싸게 엄마 뒤를 쫓아갔다.

"그런 식으로 비싼 간식을 얻어먹는구나."

엄마가 간식을 담은 그릇을 쟁반 위에 올려놓을 때까지 다섯 마리는 와앙와앙 울었고, 바닥에 내려놓자마자 무섭게 달려들어 먹기 시작했다. 유미코와 엄마는 그 모습을 가만히 바라보았다. 엄마가,

"맛있니?"

하고 묻자 토로가 고개를 들고,

"먀옹!"

하고 울었다.

"그래, 잘됐네."

엄마는 고양이들에게 다정하게 말을 건 후,

"알았지? 나는 이렇게 할 거다."

하고 날카로운 목소리로 유미코에게 말했다. 꼬리를 세우고 온몸으로 기쁨을 표현하는 고양이들을 보니 유미코도 더는 뭐라고 할 수 없었다. 엄마가 보내준, 저렴한 사료를 섞은 밥을 내쳤을 때 슬퍼하던 고양이들의 영상이 머릿속에 짙게 남았다.

"돈 문제는 그냥 알아서 하게 둬!"

엄마가 매섭게 말했다. 챠코가 순간 '어라?' 하는 표정으로 이쪽을 봤지만, 곧 다시 눈앞의 간식에 집중했다.

유미코는 엄마와 그 자리에서 화해하지 못한 채 본가를 떠났다. 집으로 돌아오면서,

"고양이는 귀여우니까."

하고 중얼거렸다. 자신이었다면 어떻게 했을까, 몇만 엔이나 하는 스크래쳐를 사주진 않겠지만 좋아하는 밥이라면 조금 비싸도 샀을지도 모른다. 다만 한 마리라면 가능해도 다섯 마리는 도저히 무리다. 새끼 고양이들이 이십 년이나 천수를 누리면 엄마는 아흔 살이다. 미묘한 나이다. 마

지막까지 돌볼 수 있을지 없을지 불확실하다. 저대로 두면 본가는 틀림없이 고양이 저택이 될 것이다.

"아휴. 앞으로 여행은 단념하고 고양이용 저축을 해야 겠다."

유미코는 쓸쓸하게 웃었다.

5

나이 차 나는 부부와 멍멍이와 고양이

사토코는 예순여섯 살, 남편 오사무는 마흔여덟 살, 사실
혼 관계가 된 지 삼 년째에 들어선다. 사토코는 공무원으로
일하던 쉰 살 때, 회사원이던 전 남편과 헤어졌다. 아이는
없었고, 노름판에 돈을 마구 쓰는 남편을 참다못해 헤어
졌다. 친구들도 돈을 빌려주지 않자 사토코의 어머니에게
도 염치없게 돈을 요구하기까지 했다. 이런 결혼 생활이었
으니 다시는 결혼하지 않겠다고 생각했는데 오사무를 만
났다.

　오사무는 사토코가 일주일에 한 번 다니던 동네 헬스장

에서 자질구레한 일을 도맡아서 했다. 사토코가 상점가 빌딩의 헬스장에 가면, 그가 현관 바닥을 대걸레로 닦으며,

"안녕하세요."

하고 반갑게 인사했다. 어떤 때는 심혈을 기울여 유리창을 닦고 있기도 했다. 헬스장 회원이 말을 걸면, 다른 일을 하다가도,

"네, 바로 갈 테니 잠시만 기다려주세요."

하고 쾌활하게 대답했다. 느낌 좋은 사람이었다.

사토코도 얼굴을 마주치면,

"당신을 보면 마음이 편해지네."

하고 남동생이나 조카를 대하는 감각으로 말을 걸었다.

"그러세요? 고맙습니다."

수줍은 듯이 순순히 고개를 숙이는 모습도 좋았다.

"저렇게 겉으로 괜찮아 보이는 사람이 알고 보면 문제가 많을 수도 있어. 느낌이 너무 좋은 게 오히려 수상해."

헬스장 단골인 여사들 중에는 이런 소리를 하는 사람도 있었다. 사토코도 그런 이야기도 흔히 듣는다 싶어 고개를 끄덕였다. 물론 그가 그런 사람이어도 사토코와는 상관없

었다. 그때는 아직 그에게 특별한 감정이 없었다.

감정에 변화가 생긴 것은 상점가에서 귀여워하던 길고
양이가 죽었을 때였다. 늘 생선 가게 주변을 어슬렁거리던
고양이였는데, 가게 주인도 고양이를 귀여워해서 매일 생선
토막 따위를 그릇에 담아 주곤 했다. 그 모습을 본 손님이,

"우리보다 좋은 걸 먹네?"

라고 할 정도로 귀여움을 받았다. 그 고양이는 젊은 여자를
특히 좋아해서 버블티 카페 앞에 모여 있는 여자들에게 가
서 애교를 부렸다.

"꺅, 귀여워!"

그러면 여자들은 마구 쓰다듬고 스마트폰으로 사진을
찍으며 야단법석을 떨었다.

"치비 녀석, 젊은 여자들한테 인기더라고요."

그 모습을 본 사람이 생선 가게 주인에게 말하자, 주인은,

"치비요?"

하고 의아하게 되물었다. 그래서 늘 가게 앞에 있는 고양
이라고 대답하자,

"아, 토라오 말이군요."

하고 가게 주인이 대꾸했다.

"아, 그래요? 채소 가게 아줌마가 치비라고 부르던데."

"그 녀석, 상점가에서 다양한 이름으로 불려요. 다들 좋아하는 이름으로 부르거든. 그래도 전부 대답해 주는 걸 보면 아주 약아 빠졌지."

가게 주인이 웃었다.

그렇게 모두에게 사랑받던 고양이가 헬스장이 있는 건물 옆 골목에 쓰러져 있는 것을 1층에 입점한 커피점 주인이 발견했다. 급하게 동물 병원에 데려갔으나 이미 늦었다. 상점가 사람들이 모두 슬퍼했는데, 특히 오사무는 남의 시선도 개의치 않고,

"너무 불쌍해요."

하며 엉엉 울었다.

그가 지금 살고 있는 빌라는 반려동물 출입이 금지여서 고양이를 데려갈 수 없지만, 홀가분한 독신이니까 고양이의 앞날을 고려해 동물을 키워도 되는 곳으로 이사해서 죽을 때까지 돌보면 좋겠다고 생각했었다고, 울면서 말했다. 그 말을 들은 커피점 주인도 사토코도 같이 울었다.

사토코도 동물을 좋아했지만, 전 남편과의 생활이 매일 투쟁이었으니 그런 환경에서 동물을 키우는 건 못할 짓이라고 여겨 자제했다. 이사해서 혼자 살게 된 후로도 선뜻 동물을 키우지 못했고, 밖에서 보는 개와 고양이로 마음을 달랬다. 상점가를 유유히 걷는 토라오를 자주 목격했는데, 그 모습을 볼 때마다 건강해서 다행이라고 안심했다.

생선 가게 주인이 상주가 되어 상점가에서 돈을 모아 장례식을 치렀다. 화장터 앞에서 상점가 사람들과 손님들이 꽃을 들고 모여서 토라오, 치비, 마루싯포, 토라마루, 다이쇼 등 각자 좋을 대로 지은 고양이의 이름을 부르며 영원한 이별을 슬퍼했다. 물론 오사무도 그들 틈에 섞여 누구보다 크게 울었다고 커피점 주인이 알려주었다.

"꼭 어린애가 우는 것 같았어요. 동물을 정말 좋아하나 봐."

그런 모습을 알고 사토코는 역시 다정한 사람이었다고, 그에게 매긴 점수를 대폭 올렸다.

연말에 헬스장 송년회가 있었는데 오사무도 참석했다. 우연히 사토코 옆에 앉은 그는 참가자 모두에게 요리가 잘 배분됐는지, 빈 병 때문에 거추장스러워하는 사람은 없는지 시종일관 마음을 썼다.

"됐으니까 너도 느긋하게 마셔."

헬스장 주인이 한마디 할 정도로 부지런히 시중을 들었다.

"네, 감사합니다."

꾸벅 고개를 숙인 그가 드디어 맥주에 두 번째로 입을 댔다.

사토코와 잡담을 나누다가 올해도 이런저런 일이 있었다는 이야기가 나왔다. 사토코는 무심코,

"고양이도 떠났고."

라고 말했는데, 그의 눈에 순식간에 눈물이 고이더니,

"잠깐, 죄송합니다……."

라고 조용히 말하며 자리를 떴다.

'울렸네…….'

사토코는 즐거운 자리에서 실수했다고 깊이 후회했다. 잠시 후 돌아온 그는,

"실례했습니다."

하고 웃었지만 눈이 새빨갰다.

"미안해요. 괜한 소리를 해서."

그때부터 사토코는 연신 사과했고, 그는 웃으며,

"이제 괜찮아요."

라고 대답했다.

'괜찮긴 뭐가 괜찮아.'

사과하면서 사토코는 내심 생각했으나, 그저 정성껏 미안함을 표현했다.

사토코는 그 일이 계속 마음에 걸려서, 소소한 사과의 의미로 조림 반찬을 넉넉히 만들어 밀폐용기에 담아 그에게 주었다.

"많이 만들어서 그런데 괜찮으면 들어요."

그러자 그는 굉장히 기뻐했다. 그때도 남동생이나 조카를 대하는 기분일 뿐이었다. 그런데 그가 답례라면서 맛있다고 소문난 라면 가게에 데려가 주고, 또 반찬을 만들어 주고 하다 보니 점점 친해져서 같이 살자는 이야기가 나왔다.

그 말을 들은 친구들은 경악했다.

"열여덟 살 연하? 너 괜찮겠어? 연금을 노리는 거 아니야?"

"네 나이를 잘 생각해 봐."

이런 소리도 들었다. 그러나 두 사람은 이미 동물을 키워도 되는 집을 찾는 중이었다. 사토코는 친구가 비슷한 상황이었다면 자신도 똑같은 말을 했을 테니 그들에게서 무슨 말을 들어도 신경 쓰지 않았다.

오사무가 지금 사는 곳에서 전철로 이십 분 떨어진 곳에 임대로 나온 오래된 단독 주택을 발견했다. 역에서 도보 오 분 거리인 주택가에 있고, 주변에 개를 키우는 집도 많아 보여서 두 사람은 보러 가자마자 결정했다. 살 집은 정했으나, 사토코는 헬스장 여사들의 뒷소문 대상이 되기 싫어서 헬스장을 그만두었다. 혼인신고를 할 것도 아니라서 오사무도 헬스장 사람들에게 입을 다물었다. 서로 조금 멋쩍긴 했지만, 두 사람의 생활은 평화로웠다.

오사무에게 헬스장 여사들이 수군거리던 뒷모습 같은 건 없었다. 오히려 겉모습이 점점 더 잘 보였다. 그는 텔레비전을 보다가 동물 이야기가 나오면 생글생글 웃으며 계속 눌러앉았다. 사토코가,

"빨리 안 나가면 지각해."

하고 재촉하지 않으면 집에서 나가려고 하지 않았다. 또 동물 관련해 슬픈 이야기가 시작되면, 오사무는 사토코가 '아, 이런 이야기면 금방 울겠네' 하고 생각하자마자 엉엉 눈물을 쏟았다. 곰이나 사슴을 해롭게 여겨 죽인다는 이야기에는 늘 격분했고, 개나 고양이의 보호소 이야기에는 두 눈 가득 눈물을 글썽인 채 화면을 보았다.

"쟤 얼굴 봤어? 슬퍼 보였죠. 정말 안됐어."

초등학교 저학년 아이가 그대로 중년이 된 것 같았다.

이렇게 동물 제일주의인 사람이니 그는 쌀, 밀가루, 콩, 채소만 먹었다.

"내가 반찬을 췄을 때는 어떻게 했어?"

"그때는 채소만 먹었어요. 미안."

그가 솔직하게 털어놓으며 사과했다. 그는 자신이 먹는 음식을 강제하지 않았지만, 사토코가 그의 식단에 맞췄다. 확실히 소화에는 좋은지 사토코가 느끼기에도 몸이 가벼워지고 상태도 좋아졌는데, 그 대신 왠지 모르게 몸이 푸석푸석해진 기분이었다. 식물성 기름도 잘 섭취하는데 그것만으로는 보충이 안 될 정도였다. 오사무에게 솔직하게 말했다.

"그래요? 크림을 많이 발라도 안 되나?"

"바르는데 내부에 지방을 보급해 주지 않으면 안 되나 봐."

"그래요? 곤란하네."

그렇게 대화가 끝났다. 조금 돈은 들지만, 혼자 있는 낮에 고기 요리를 사 먹어 봐야겠다고 생각했다.

어느 날, 집 앞을 청소하는데 옆집 부인이 말을 걸었다. 처음 인사했을 때 아무래도 남매라고 오해한 듯했는데 귀찮아서 그대로 두었다. 부인의 이야기를 들어보니, 앞쪽 공원 인근에서 혼자 살던 할머니가 시설에 들어가게 된 소식을 전했다.

"아이고, 그랬어요?"

그렇게 대답하며, 사토코는 그 집에 개가 있었다는 걸 떠올렸다. 할머니가 보행 보조기 손잡이에 줄을 매고 시바견처럼 생긴 잡종견과 산책하는 모습을 몇 번이나 봤다.

"그럼 그 댁 멍멍이는······."

"그러니까요. 그게 문제예요."

부인이 말하기를, 할머니에겐 친척이 없어서 시설에 들

어가기 전까지 열흘 안에 개를 데려갈 사람을 찾지 못하면 개가 보호소에 끌려간다고 했다. 이 근처에는 개를 한 마리 더 키울 여력이 없는 집들이 대부분이니, 누구 데려갈 사람이 있는지 모두가 전달 게임처럼 말을 퍼뜨리고 있었다.

"그 할머니도 개가 귀여우니까 본인 나이는 생각도 못 하고 집에 데려온 거예요. 이제 세 살쯤 됐을 거예요."

사토코는 퇴근한 오사무와 저녁을 먹으며 그 이야기를 꺼냈다. 그러자 오사무의 안색이 확 달라졌다.

"멍멍이가?"

"그래. 어떻게든 해야겠어."

"데려와요."

그가 즉시 말했다. 평소에는 얌전한 사람인데 지금은 표정이 아주 단호했다.

"그럴까? 우리 집은 아무 문제도 없으니까."

오사무가 식탁에 젓가락을 내려놓고 집을 나섰고, 놀란 사토코가 뒤를 쫓아갔다. 성큼성큼 할머니의 댁까지 걸어가더니 문 앞에서 꾸벅꾸벅 인사했다. 사토코가 다가가자 그가 할머니에게 소개했다.

"아내입니다."

"어머나, 그래요."

할머니는 순간 의아하다는 표정을 지었지만, 금세 싱글 벙글 웃고 무릎을 문지르며 연신 고개를 숙였다. 개는 옆에 얌전히 앉아 있었다. 개를 데려가고 싶다는 오사무의 말을 듣자, 할머니가 눈물을 펑펑 흘리며,

"정말 고마워요."

하고 또 고개를 연신 굽신거렸다. 그러면 그렇지, 오사무도 같이 울었다.

"타로, 다행이지? 너를 키워줄 다정한 분이 오셨어."

옆에 앉은 타로가 할머니에게 달려들어 얼굴을 핥았다.

"자, 너도 고맙습니다, 해야지."

그 말을 들은 타로는 사토코와 오사무를 보고 꼬리를 힘차게 흔들었다. 할머니와 오사무는 시설에 들어가는 날 타로를 넘겨주고 받기로 이야기를 정리했다.

"그럼 타로, 또 보자."

오사무가 머리를 쓰다듬자, 이번에는 타로가 오사무에게 달려들어 얼굴을 핥았다.

"아, 다행이야. 정말 다행이야."

그는 종종걸음으로 집에 돌아와 다시 젓가락을 들고 밥을 먹기 시작하더니 드물게도 세 공기나 비웠다.

타로와 친해지려고, 오사무는 근무 시간을 당겨서 한 시간 일찍 퇴근했고, 사토코는 저녁 반찬을 몇 가지 만들어 할머니 집에 갔다. 타로는 친화적이어서 전기 고타쓰*를 둘러싸고 앉아서 밥을 먹는 할머니, 오사무, 사토코 주위를 순서대로 뱅글뱅글 돌고 어깨 너머로 손을 들여다보며 '뭐 안 주나?' 하는 눈으로 빤히 바라보았다.

일부러,

"왜 그러니?"

하고 물으면 코 막힌 듯한 작은 소리로,

"크응, 크응."

하고 울었다.

"이건 타로는 못 먹는 거야."

오사무가 손에 든 토란 조림을 접시에 내려놓고 머리를

---

* 일본의 실내 난방 장치. 나무 탁자에 열원을 넣고 이불, 포대기 등으로 씌운다.

쓰다듬어주자 좀 더 큰 소리로,

"크응."

하며 낑낑댔다. 그 모습을 보고 할머니가,

"어쩐담…… 나는 뭐든지 다 줬는데. 잘못했나? 수의사 선생도 건강하다고 했는데요."

하고 당황한 표정을 지어서 부부는 일단,

"아니에요, 건강하면 괜찮죠."

하고 달랬다.

"사과라면 괜찮을까?"

사토코가 사과를 깎아 주자, 타로가 잠깐 냄새를 맡더니 맛있는 소리를 내며 먹기 시작했다.

"조금만 줄 거야."

타로는 사과를 사 분의 일만큼 받아먹고 만족스러워했다. 그러고는 할머니 옆에 진을 치고 편하게 늘어졌다.

"얌전하고 착하네요."

"그럼요. 내가 늙은이인 걸 아는지, 다른 댁 아이들처럼 뛰어다니질 않아요."

"참 똑똑하네."

사토코가 말을 걸자, 타로가 힐끔 바라보고 꼬리를 살랑살랑 쳤다. 부부는 타로가 자신들을 싫어하지 않는 것을 확인하고 안심했다. 이후 할머니와 타로를 집에 초대하자, 타로는 흥미진진한 듯 집 냄새를 맡으며 돌아다녔다.

타로와 교류를 주고받는 사이, 할머니의 시설 입소일이 다가왔다. 시설의 남성 직원이 차를 타고 와서 할머니를 태웠다. 부부가 타로를 안고 차에 다가가자, 할머니가 손을 내밀어 타로의 머리를 열심히 쓰다듬고 울면서 사과했다.

"좋은 분들이 데려가 줘서 다행이야. 예쁨 많이 받으렴. 미안해, 미안하다."

가슴이 뭉클해서 사토코도 울 뻔했는데,

"흐윽."

하는 소리가 들렸다. 오사무가 타로를 품에 안은 채 울음을 터뜨렸다. 히끅히끅 아이처럼 흐느끼는 바람에 그때까지 울던 할머니가 오히려 놀랐다. 작별 의식이 잠시 이어진 후, 차가 출발했다. 그때 갑자기 타로가 오사무의 품에서 뛰어내려 엄청난 속도로 차를 쫓아가려 했다. 오사무가 필사적으로 리드 줄을 당겨 품에 안고 말렸다. 멍멍, 지금까지 들어본 적 없는 큰 목소리로 짖는 타로를 안았다.

"다시 만날 날이 올 거야, 같이 집에 가자."

오사무가 속삭이며 또 엉엉 울었다. 길을 걷던 사람들이
놀라서 오사무 쪽을 바라보았다.

"슬슬 집에 갈까?"

사토코가 말을 걸자, 오사무는 차가 사라진 방향을 계속
바라보는 타로를 안고 훌쩍이며 집으로 걸음을 옮겼다.

"하아."

오사무는 타로를 집에 들이자마자 크게 한숨을 쉬더니,
타로의 발을 닦아주고 자기 얼굴을 씻으러 세면대로 갔다.

"타로, 잠은 어디에서 잘래? 네가 좋아하는 곳에서 자면
돼."

사토코가 말을 걸어도 타로는 진정이 안 되는지 방 안을
빙글빙글 돌아다녔다.

"있잖아, 할머니는 조금 멀리 가셨어. 앞으로는 여기가
네 집이야. 얼른 익숙해지면 좋겠다."

알려주며 타로의 머리를 쓰다듬자, 손을 핥아주긴 했지
만 역시 불안해 보였다.

"하긴 당연하지. 지금까지 줄곧 같이 있던 사람이 갑자기 사라졌으니까."

타로가 현관으로 가더니 밖에 대고 짖었다.

"이리 온. 응? 거기 춥잖아."

오사무가 말을 걸어 거실로 데려오자, 잠깐은 꼬리를 치며 곁에 있었지만 퍼뜩 놀란 표정을 짓고는 또 현관으로 달려가 짖었다. 그 모습을 본 오사무는 타로가 딱하다며 또 울었다. 저기도 울고 여기도 우는 바람에 사토코는 곤혹스러웠다. 「멍멍이 경찰 아저씨」*라는 동요가 생각났다.

타로는 십오 분 정도 계속 짖다가 포기했는지, 터벅터벅 무거운 발걸음으로 부부가 있는 거실로 들어와 토라진 표정을 하고는 바닥에 둥글게 몸을 말았다.

"그렇게 있으면 춥겠다. 지금 담요 가져올게."

사토코가 얼른 담요를 개켜서 주자, 타로가 그 위에 몸을 말고 눈을 감았다.

"불쌍해라. 지쳤나 봐요."

* 멍멍이 경찰관이 길을 잃은 새끼 고양이에게 집이 어딘지, 이름이 어디인지 물었으나 자꾸 울기만 하니까 곤란해서 왕왕 짖는다는 내용의 일본 동요

189

오사무가 눈에 가득 눈물을 매달았다. 눈물 많은 사람인 줄은 알았지만, 잘도 이렇게나 운다 싶어 사토코는 조금 질렸다.

타로는 할머니에게 받은 사료를 깨작깨작 먹긴 했으나 아무래도 기운이 없었다. 시간이 해결해 줄 수밖에 없다고 판단해, 부부는 아직 누구와 같이 자려고 들지 않는 타로를 걱정하며 잠자리에 들었다.

다음 날 아침, 사토코는 이상한 냄새를 맡고 눈을 떴다. 불길한 예감에 일어나 보니 거실, 부엌, 현관 사방에 타로의 똥오줌이 널려 있었다.

"아앗!"

놀라서 타로를 보니 어제처럼 토라진 표정으로 담요 위에 몸을 말고 있었다. 일단 빨리 치워야겠다고 생각하고 있는데, 잠에서 깬 오사무가 상황을 파악하고,

"앗!"

하고 외치더니, 엄청난 속도로 배변 시트와 걸레를 가지고 와 바닥을 청소했다.

"딱해라, 너무 딱해."

그러면서 또 울었다. 오사무를 곁눈질하던 타로가 몸을 일으켜 슬픈 분위기를 풍기며 담요에 앉았다.

"괜찮아, 타로. 괜찮으니까 걱정하지 마."

오사무는 타로에게 말을 걸면서 바닥을 닦아 순식간에 깔끔하게 청소했다.

"고마워."

사토코의 말에 오사무는 힘차게 고개를 끄덕이더니 손을 닦고 돌아와 타로 옆에 앉았다.

"불안했구나? 딱해라. 그래도 안심해도 돼. 여긴 타로 집이니까."

오사무가 타로의 몸을 다정하게 쓰다듬었다. 타로는 그의 손을 핥았지만 여전히 기운은 없었다. 타로 입장에서는 당연한 일이니, 부부는 일단 타로를 위로하려고 아침 산책을 나섰다. 할머니의 보행기에 묶였을 때는 천천히 걷는 얌전한 아이였는데, 리드 줄에 묶어 밖으로 나가자 엄청난 속도로 뛰는 바람에 오사무가 휘청이며 거의 끌려갈 뻔했다.

"할머니랑 같이 있을 때는 분명 배려하느라 천천히 걸었을 거야."

"그, 그러게."

두 사람은 바쁘게 걸어야 해서 대화를 나누기도 버거
웠다.

"자, 잠깐만 기다려, 타로. 아빠도 엄마도 널 못 쫓아가
겠어."

차가 달리는 도로 앞에서 타로가 간신히 멈췄다.

"이 나이를 먹고 이렇게 뛸 줄은 몰랐어. 지금은 헬스장
도 안 다니니까 몸이 안 따라주네."

"기운을 차린 건 좋은데, 있는 힘껏 달리는 건 좀 그러네
요."

차가 지나가자, 타로는 기다렸다는 듯이 기어를 한 단 넣
고 달렸다.

"야, 야! 안 돼, 타로!"

사토코는 배변 봉투를 손에 들고 숨을 헐떡이며, 누가 봐
도 자기 능력 이상의 강제 질주를 하며 멀어지는 남편을
쫓아갔다.

산책을 마친 타로는 식욕이 도는지 정해진 사료량을 전
부 먹어주었다. 두 사람이 토스트, 달걀프라이, 샐러드, 커

피로 아침 준비를 마치자 '내가 먹을 건 뭐 없습니까?' 하는 표정으로 식탁 위를 훔쳐보았다. 오사무가 불에 살짝 구운 호박을 조금 주자, 신이 나서 받아먹었다.

"이게 끝이다? 착하지?"

오사무가 웅크려서 두 손으로 타로의 몸을 쓰다듬자, 타로는 어깨에 턱을 올리고 기쁜 표정을 지었다. 지금까지 참느라 쌓였던 질주 본능을 조금은 발산해서 후련한가 보다.

"아직 세 살이니까. 제일 기운이 넘칠 때지."

부부는 아침을 먹으며 타로가 조금이라도 기운을 차려서 다행이라고 기뻐했고, 이대로 이 집 생활에 익숙해지면 좋겠다는 대화를 나눴다.

타로를 데려오고 닷새가 지난 어느 날, 얼굴은 알아도 대화를 나눈 적 없는 이웃집 부인이 찾아왔다. 가슴에 하얀 바탕에 줄무늬가 얼룩덜룩한 고양이를 안고 있었다.

"안녕하세요."

문을 연 사토코가 인사했다.

"저기 사시던 할머니의 강아지를 맡으셨다면서요?"

"네."

"얘도 할머니 댁에서 밥을 얻어먹던 아이예요. 집고양이는 아니고 여기저기 다니면서 밥을 먹었는데, 할머니 댁에도 다녔거든요. 이 아이도 같이 돌봐주실 수 있을까요?"

"엇, 네?"

갑작스러운 말에 사토코는 어떻게 대답해야 하나 곤란해하던 중에, 휴일이라 집에 있던 오사무가 타로를 데리고 나왔다. 그러더니 사토코가 사정을 설명하기도 전에,

"앗, 귀엽다."

하며 현관으로 나와 부인 품에 안긴 고양이의 머리를 쓰다듬었다. 그러자 부인은 잘됐다는 듯이 그에게 고양이를 떠넘기고 후다닥 가버렸다.

"그럼 잘 부탁드려요."

"아니, 저기요……."

사토코가 당황하는 줄도 모르고 오사무는 고양이에게 뺨을 비비며,

"얌전하고 귀엽네. 왼쪽 귀가 잘린 걸 보니 여자애구나.*

---

* 일본에서는 길고양이를 중성화 수술했다는 표시로 귀 위쪽을 조금 자르는데, 통상 수컷은 오른쪽, 암컷은 왼쪽을 자른다.

얘 어떻게 된 거예요?"

하고 사토코에게 물었다.

만사태평한 태도에 조금 울컥한 사토코가 사정을 설명
했는데,

"괜찮네요. 타로랑 짝꿍이야."

라며 그는 전혀 개의치 않아 했다.

"타로, 이 고양이랑 아는 사이지? 이 아이도 같이 살게
됐으니까 잘 부탁할게."

타로는 꼬리를 치며 올려다보는데, 고양이는 품에 안긴
채 작게 하악 울었다.

"이건 인사 대신에 하는 하악질이지?"

그가 웃으며 고양이를 안은 채 타로를 데리고 거실로 돌
아갔다. 고양이는 이집 저집 다니며 돌봄을 받아 사람에 익
숙한지 흥미로운 듯 집을 탐색했다. 그 뒤를 쫓아 타로가
엉덩이 냄새를 맡으려고 달라붙었다가 몇 번이나 고양이
펀치를 얻어맞았다.

"고양이용 사료도 사 와야겠네."

"응. 미안한데 사다 줄래요?"

오사무는 기쁜 표정으로 사토코에게 부탁했다. 사토코는 커다란 장바구니 두 개를 들고 역 앞 반려동물용품점에 가서 고양이 사료, 고양이에게 인기인 습식 간식, 장난감, 화장실과 모래를 사서 돌아왔다. 부엌 바닥에 쟁반을 놓아 고양이의 식사 장소로 삼았다. 화장실은 인간 화장실 안에 두었다.

"고생했어요."

물건을 받은 오사무가 서둘러 식사를 준비해 고양이 앞에 놓았다.

"자, 먹으렴."

고양이는 기다렸다는 듯이 입을 크게 벌려 야금야금 먹고, 두 사람을 올려다보고는,

"야옹."

하고 울었다.

"맛있니? 다행이다."

오사무의 표정은 이미 흐물흐물했다. 그 옆에 있던 타로도 호기심이 가득한 표정이었다. 한가롭고 행복한 광경이긴 하지만, 오사무가 왜 줄곧 독신이었는지 알 것 같았다.

연상인 사토코는 괜찮지만, 비슷한 나이의 여성이라면 그로는 도저히 만족하지 못했을 것이다. 다정한 마음씨만 보고는 같이 살 수 없다고 여겨도 어쩔 수 없다. 부족한 부분은 자신이 채우면 된다고 사토코는 생각했다.

그렇게 네 가족의 생활이 시작됐다. 고양이는 타로와 짝꿍이니까 오사무가 하나코라고 이름을 지었다.* 동물 병원에서 하나코의 건강에도 특별히 이상이 없다고 했다. 오사무가 퇴근길에 빨갛고 귀여운 목걸이를 사 와서 외출해도 집고양이인 줄 알 수 있게 해줬는데, 한편 하나코는 집에 온 후로 한 발짝도 밖에 나가지 않았다.

"밖에서 지내는 게 힘들었구나?"

오사무는 또 눈물을 매달고 코를 훌쩍였으나, 당사자인 하나코는 다리를 쩍 벌리고는 좋아하는 방석 위에서 쿨쿨 자고 있었다.

아침에 오사무가 말하기를 자기가 타로와 산책하러 가면 하나코가 슬픈 표정을 짓는다고 했다. 사토코는 그렇게

* 하나코와 타로는 우리나라로 치면 영희와 철수 같은 평범한 여자와 남자의 이름이다.

생각하지 않았지만, 그는 동물에 한해서만큼은 자기가 느낀 것이 무조건 옳다고 주장하며 남의 말을 듣지 않았다. 그래서 고양이용 조끼와 리드 줄을 사서 하나코도 데려가려고 했다. 하나코가 처음에는 아장아장 걸었지만 중간에 고개를 들고,

"야옹야옹."

하고 울며 안으라고 요구했다. 그러면 오사무나 사토코가 안고 걸어야 한다. 오사무는 그게 정말 기쁜지,

"다행이야. 타로랑 하나코가 와 줘서. 아빠는 정말 기뻐."

라며 공원 벤치에 앉아 잠깐 쉬면서 눈물을 글썽였다. 또 우나 싶어 어이없어하는 사토코가 그의 옆에 앉자, 오사무가 시선을 정면에 두고 강단 있게 말했다.

"책임지고 마지막까지 너희를 돌볼 거야."

물론 타로와 하나코에게서는 이렇다 할 반응이 없다.

"나도 있으니까 잘 부탁해."

사토코가 말했다.

"물론이죠. 아무리 심한 모습이 되어도 내가 열심히 보살필 테니까. 안심해요."

그는 또 강단 있게 말했다.

'아무리 심한 모습이 되어도? 그게 무슨 소리지?'

특별한 일이 없는 한 연상인 사토코가 먼저 긴긴 여행을 떠나는 것이 자연의 이치다. 연하인 오사무 덕분에, 홑몸이었다면 끝까지 책임지지 못해서 주저했을 타로와 하나코와 함께 살 수 있어서 고마웠다.

"역시 타로랑 하나코랑 같이 들어갈 수 있는 무덤이 좋겠어. 그래, 미리 찾아두는 게 좋겠다. 잠깐 찾아볼까?"

그가 스마트폰을 꺼내 검색하더니,

"이거 봐요, 제법 많아."

라며 즐거운 듯 스마트폰 화면을 보여주었다. 순진무구하게 웃는 그를 보며 사토코는 '열여덟 살이나 연상인 아내에게 무덤 같은 소리를 기쁘게도 하네'라고 생각하며 또 조금 발끈했다.

개는 타로, 고양이는 하나코라는 이름이 있지만, 얼마 지나지 않아 부부는 타로짱과 하나짱이라고 귀엽게 불렀다.*

---

* '짱'은 이름 뒤에 붙여 친근감을 표현하는 일본식 호칭이다.

타로는 가끔 타짱이 될 때도 있었다. 부부가 함께 타로를 데리고 산책하러 나갈 때면 남편 오사무는 집에 혼자 남는 하나코가 불쌍하다며 리드 줄을 묶어 데리고 가려고 했다. 그러나 아내 사토코의 예상대로 하나코는 '나는 집을 보고 있을래요' 하며 산책을 거부했다. 어떻게든 같이 가고 싶은 오사무는,

"하나짱도 같이 갈 거지?"

하고 유혹했으나, 정작 당사자인 하나코는 복도에 앉아 꼼짝하지 않았다.

"리드 줄에 묶여 산책하는 건 싫은가 봐. 매번 잠깐 걷다가 안아달라고 하잖아."

사토코가 계속 설득하려는 오사무를 달랬다.

"그런가? 혼자 있으면 외로울 텐데."

"혼자 느긋하게 있고 싶은 거야. 그렇지, 하나짱? 집 보는 게 좋지?"

사토코가 말을 걸자, 하나코가 눈을 끔벅끔벅 깜박였다.

"이거 봐, 역시 그렇다잖아. 집에 있게 해줘."

하나코의 행동을 본 오사무는,

"그래? 그렇구나. 그럼 셋이서 다녀올게."

하며 어깨를 조금 늘어뜨리고 집을 나섰다.

두 사람의 대화를 들으며 얼굴을 교대로 올려다보던 타로는 오사무가 한 발짝 내딛자마자 총알 같이 뛰어갔다.

"악, 안 된다고 했잖아! 뛰는 거 아니야! 위험하다니까, 어이, 멈추라고!"

오사무는 타로의 리드 줄을 붙잡고 사토코 곁에서 굴러가듯이 멀어졌다. 마찬가지로 개와 산책을 나온 동네 사람들이 깔깔 웃었다.

"아이고, 큰일이네요."

"앗, 안녕하세요……. 좋은 아침이에요."

사토코는 고개를 숙여 나직하게 인사하고, 바쁘게 뒤를 쫓아갔다.

신호등이 있는 건널목 앞에 선 오사무를 간신히 따라잡았다. 오사무는 여전히 헐떡이고 있었으나, 타로는 아무렇지 않은지 기뻐서 신이 났다.

"타로짱, 아빠가 힘드니까 너무 빨리 뛰면 안 돼."

사토코가 말을 걸자, 타로가 고개를 갸우뚱한다.

"으아아, 몸이 못 버티겠어요. 당기는 힘이 너무 세."

오사무가 리드 줄을 짧게 쥔 팔에 힘을 줬다. 부부가 아무리 부탁해도 타로는 들은 척도 안 하고, 신호가 바뀔 때까지 못 기다리겠는지 앞발을 동동거렸다.

"전에는 정말 꾹 참았나 봐."

"그래도 할머니 상태를 알고 천천히 걸어주다니 배려심이 대단해요. 얼마 전에 뉴스에 나왔잖아요. 아흔 살 먹은 할머니를 자전거로 들이박고 돈을 훔친 젊은 놈이 있다고. 그런 놈은 타로 발톱의 때라도 먹여서 가르쳐야 해. 으악!"

신호가 바뀌자마자 타로가 쏜살같이 뛰어갔다. 잠깐 방심했던 오사무가 또 굴러가듯이 달려갔다. 간신히 발을 회전시켜 타로의 속도에 맞췄지만, 저러다 언제 넘어질지 몰라 뒤를 쫓아가는 사토코도 이만저만 불안한 게 아니었다. 그래도 역시 나이는 이길 수 없어서 쫓아가는 건 그만두었다.

"무리하면 몸이 못 버티니까."

그렇게 자중하며 호흡을 가다듬고 천천히 걸었다.

공원 입구 울타리 앞에서 오사무가 어깨를 들썩이며 숨

을 헐떡이고 있었다. 타로는 사토코가 온 것을 알아차리고 그를 향해 힘차게 꼬리를 쳤다. 할머니와 헤어졌을 때는 사태가 사태였고, 그때 이외에 무분별하게 짖지 않는 것으로 보아 할머니가 조용히 있도록 가르친 모양이었다. 동네에 아침부터 밤까지 짖는 아이가 있어서 타로도 불안했을 텐데, 짖음은 금방 사라졌다. 말을 잘 알아듣는 똑똑한 아이다. 그렇게 착한 아이가 대체 왜 달리는 건 고치지 못하느냐고 물어보고 싶기는 하지만, 지금까지 에너지를 폭발시키지 못하고 꾹 참았던 점을 생각하면 최대한 발산하게 두고 싶다. 그러나 나이 든 부부가 이대로 계속 상대하기는 버거웠다.

"하아, 지쳤다."

둘을 따라잡은 사토코가 중얼거리자, 오사무는,

"오늘도 기운이 펄펄 넘치네."

라며 타로를 바라보았다. 타로는 두 사람을 올려다보며 기세등등하게 꼬리를 쳤다.

"공원에는 다른 사람도 있지? 그러니까 달리면 안 돼. 얌전히 걷는 거야."

오사무가 쪼그리고 앉아 눈높이를 맞추고 말하자, 타로가 그의 얼굴을 날름날름 핥았다.

"착하지? 알아들었지?"

사토코도 다정하게 말을 걸었다.

오사무가 리드 줄을 짧게 쥐고 걸음을 옮기자, 타로도 얌전히 옆에서 걸었다. 산책하면서 만나는 개 중에는 짖는 아이도 있었지만, 타로는 다른 아이들에게 조금 관심 있다는 몸짓을 보이면서도 얌전하게 걸었다.

"이럴 때 얌전하게 행동하는 건 다행이야. 막 덤비는 아이도 있으니까."

"있죠. 사나운 게 아니고 겁이 많은 건가."

"예전에 무턱대고 덤벼드는 걸로 유명한 아이가 있었는데, 걔가 걸어오니까 산책시키던 다른 사람들이 '헉, 온다' 하면서 허둥지둥 다른 방향으로 달려가는 걸 본 적 있어. 미처 못 도망간 아이를 보면 걔가 먹잇감을 쫓는 것처럼 무시무시하게 쫓아가지 뭐야. 주인이 죄송하다고, 정말 죄송하다고 큰소리로 사과하면서 리드 줄을 들고 울면서 달렸어. 정말 힘들어 보이더라."

"영역 의식이 강한가."

"그럴지도 모르겠다."

"그런 건 훈련시켜야 하나?"

"순종 중형견이라면 훈련시킬지도 모르겠는데 잡종은 모르겠네? 그래도 아이마다 각각 성격이 있으니까."

"그렇죠. 그래도 다치기라도 하면 큰일인데. 그 아이는 삶에 뭔가 불만이 있었을까."

오사무가 진지하게 생각에 잠겼다. 그동안 타로는 얌전하게 걸었는데, 암컷 개를 보자 꽁무니를 쫓아가고 싶은 표정을 짓더니 아예 뒤를 돌아 그쪽으로 가려고 했다.

"너도 남자구나? 안 돼, 앞을 보고 걸어야지."

잔소리를 들은 타로는 '흥, 그렇습니까?'라는 표정으로 힐끔힐끔 주변을 걷는 개들을 보면서도 얌전히 걸음을 옮겼다.

그러나 공원에서 한 걸음 나와 일반 길을 걸으면 또 뛰려고 했다.

"어이, 정말, 안 된다고 했지. 말을 들어야지."

오사무가 그물을 건지는 듯한 엉거주춤한 자세로 달리

지 못하게 막자, 타로가 되돌아와서 '뭐 문제 있어요?'라고 묻는 듯이 고개를 갸웃거렸다. 그 모습이 너무 귀여워서 부부는 무심코 웃고 말았다. 웃어줘서 타로도 기쁜지 꼬리를 치며 기뻐했다.

"타로짱, 너 정말 귀여운데 달리는 건 그만하자? 아빠가 최대한 빨리 걸을 테니까."

오사무가 타로의 귀에 대고 속삭이자, 타로도 얌전하게 귀를 기울였다.

"우리 타로는 똑똑하니까 무슨 말인지 이해했지?"

사토코도 옆에서 칭찬해 주자, 타로는 조금 빠른 걸음으로 걷기 시작했다. 조금 전처럼 무시무시한 속도로 뛰는 것과 비교하면 부부도 훨씬 편해졌다.

"그래, 그래. 착해라. 똑똑해. 이 정도로 걷는 게 좋아. 알겠지?"

오사무가 말을 걸자, 타로가 뒤를 돌아보고,

"크웅."

하고 울었다.

"아이고, 똑똑해라."

부부가 동시에 타로를 칭찬했다.

그날 이후로 타로가 초스피드로 달리는 일은 없었다. 그래도 에너지를 발산해야 하니까, 휴일이면 오사무가 조금 먼 강아지 놀이터까지 데려가서 자유롭게 뛰게 했다. 마치 경주에서 질주하는 개처럼 달리는 모습을 보며 오사무는 중얼거렸다.

"역시 에너지가 넘치네."

"아직 어리니까. 건강하다는 증거지. 또 여기 데려오자."

타로는 부부가 지켜보는 앞에서 마음껏 뛰었고, 그날 밤 푹 잠들었다.

오사무는 타로랑만 외출할 때면 남은 하나코가 불쌍하다고 마음을 썼으나, 당사자인 하나코는 세 사람이 산책하고 오면 자기 침대에서 일어나 '어서 오쇼'라고 인사하는 것처럼 현관 복도에 앉아 있었다.

"하나짱, 늦게 와서 미안해. 집을 잘 지켜줘서 고마워."

그 모습을 보면 오사무는 간드러진 목소리를 내며 하나코를 안았다. 하나코도 기쁜 듯이 그의 턱을 핥았다.

"대단하네, 하나짱."

사토코가 머리를 쓰다듬으면 손가락을 할짝할짝 핥았다.

"역시 외로웠나 봐요."

"그럴 리 없어. 하나짱은 집에서 느긋하게 쉬고 싶지."

사토코의 말에 하나코가,

"미옹."

하고 대답했다.

"그런가? 하나짱은 귀엽네. 타로도 하나코도 정말 귀여워. 귀여워, 귀여워 죽겠어."

"하하, 귀엽다는 소리를 아무리 해도 부족하지?"

사토코가 놀리자,

"물론이죠."

하며 오사무가 가슴을 폈다. 발을 닦아주자 타로는 부엌으로 달려가 빨리 밥을 달라며 콧소리를 냈다.

고양이 하나코는 유유자적했다. 타로의 산책이 끝나면 하나코도 같이 아침을 먹는다. 오사무는 출근하기 전에 하나코를 품에 안고 텔레비전의 동물 방송을 보는 것이 일과였다.

"하나짱, 저거 봐. 귀여운 멍멍이네?"

하나코는 관심이 없어서 아무런 반응이 없었다. 오사무가 출근할 때면 시키거나 가르치지 않았는데도 타로와 하나코는 나란히 오사무를 배웅했다. 그 모습을 본 그가,

"이렇게 귀여운 모습을 보면 출근이고 뭐고 하기 싫어요."

하고 세상이 무너진 표정을 지으면,

"됐으니까 얼른 나가."

하고 사토코가 그를 집에서 내쫓는 것 또한 일과였다. 집안일을 하는 동안 타로와 하나코는 자기 침대에서 잔다. 두 마리 모두 청소기를 싫어해서 빗자루와 쓰레받기로 청소 도구를 바꿨다. 다다미와 마룻바닥을 쓸며 둘의 얼굴을 보면, 어찌나 표정이 천진난만한지 사토코도 그 앞에 앉아 영원히 지켜보고 싶어지는데, 그랬다간 일상이 정체돼 버리니까 힐끔힐끔 보는 것으로 만족하며 집안일을 해치웠다.

낮이면 사토코는 부엌에서 혼자 먹을 점심을 준비하는데, 문득 뒤를 돌아보니 하나코가 앉아서 빤히 지켜보고 있었다.

"어머나, 하나코 씨. 일어나셨어요?"

말을 걸자 하나코가 조금 낮은 목소리로 불만스럽게,

"우오옹."

하고 울었다.

"왜? 아직 사료가 남았잖아?"

사토코가 식기를 들여다보자, 하나코는,

"먀악, 먀아악."

하고 뭐라고 항의했다.

"그래그래. 캔이 먹고 싶다고?"

캔이라는 소리를 듣자 하나코가,

"미잉."

하고 귀엽게 울었다. 목소리를 다르게 쓰는 걸 보면 늘 놀랍다.

"너, 그런 소리도 낼 수 있니?"

자기감정을 알아달라고 팔색조처럼 울음소리를 다르게 쓴다. 목적한 대로 좋아하는 고양이 캔을 받은 하나코는 우격우격 입을 크게 벌려 먹은 후, 양지바른 다다미방에 데굴데굴 누워 털을 골랐다.

일단 됐다 싶어 부엌에 돌아왔더니 이번에는 타로가 앉아 있었다.

"어, 타로짱도 일어났네?"

말을 걸자 기쁜지 타로가,

"크응."

하고 꼬리를 쳤다.

"너도 간식 달라고?"

강아지용 삶은 멸치를 꺼내자 기뻐하며 폴짝폴짝 뛰었다.

"자자, 저기에서 먹자, 저기에서."

사토코가 간식을 들고 이동하자, 타로가 덤벼들 기세로 쫓아왔다. 만약 사토코가 달리면 타로도 두 발로 걷지 않을까 싶을 정도다.

"앉아. 기다려."

식기에 간식을 넣고 말하자, 타로는 '응? 아직이야? '기다려'는 재미없고 싫어요'라는 표정으로 일단 앉았지만, 꼬리를 흔들며 야단법석이었다. 할머니와 살 때는 이런 말을 들어본 적 없었는지, 타로도 곤혹스러워했다.

"좋아, 먹어."

사토코의 명령과 동시에 타로가 간식에 달려들더니 순식간에 먹어 치웠다.

그리고 나서 '이게 답니까?' 하고 식기 주변을 연신 킁킁 대더니 아무것도 없는 걸 깨닫고는 조금 슬픈 표정을 지었다. 평소보다 조금 적은 양이긴 했다 싶어서 사토코가 추가로 더 주자, '와아!' 하고 슬픈 표정이 순식간에 변해서는 눈을 휘둥그렇게 뜨고 기뻐했다. 그때 털 고르기를 마친 하나코가 와서 '어라, 뭘 신나서 먹고 있어? 그건 뭐야?' 하고 타로의 식기에 다가가 냄새를 맡았다. 그래도 생선에는 전혀 흥미가 없는지,

"후웅."

하고 콧김을 내뿜더니 자기 식기의 물을 마시고 자기 침대로 돌아갔다.

사토코는 예정보다 삼십 분 늦게 점심을 먹었다. 오사무와 밥을 먹을 때는 자제하는 고기반찬이다. 또 타로가 다가와 옆에 앉아서 사토코의 젓가락이 움직이는 모습을 빤히 바라보았다. 할머니가 밥을 먹을 때는 필시 옆에 찰싹 달라붙어 반찬을 얻어먹었을 것이다.

"이건 엄마가 먹는 거지, 타로 게 아니야. 아까 간식 줬잖아?"

다정하게 달래자 타로는 혀를 날름거리며,

"크으응."

하고 작게 울고는 자기 침대로 돌아갔다.

오후에 장을 보러 다녀오는 길에 하나코를 데려온 부인과 우연히 마주쳤다.

"지난번에는 고양이를 맡아주셔서 감사했어요."

부인이 정중하게 인사해서 사토코는 어쩔 줄 몰랐다.

"둘 다 건강하게 지내요."

"와, 정말 다행이에요."

그때는 조금 강제적인 사람이라고 생각했는데, 다시 보니 전혀 그런 느낌이 없었다.

"그때는 죄송했어요. 어떻게든 맡아주시길 바랐거든요. 다른 집에서 거절하는 바람에 선생님 댁에 부탁할 수밖에 없었어요. 아니, 선생님 댁뿐이었어요. 덕분에 살았어요. 거절하시면 그 아이는 평생 길고양이로 살아야 하니까요. 할머니가 제일 귀여워하셨거든요."

"집에서 얼마나 거들먹거리는지 몰라요."

"그래요? 다행이다."

부인이 생긋 웃더니, 주변을 힐끔 살피고 아무도 없는 것을 확인하자 갑자기 사토코의 귀에 얼굴을 가까이 댔다.

"저기, 동네에서 이상한 소리를 하는 사람이 있어요."

"이상한 소리요?"

"네. 할머니 댁의 멍멍이를 걱정하던 동네 사람들이요. 데려간 분이 있어서 다행이라고 잡담을 나눴거든요. 그랬더니 멍멍이가 어찌 되든 신경도 안 썼던 사람들이 '데려간 집에 할머니가 돈을 얼마쯤 찔러줬을 거야'라는 소리를 하지 뭐예요. 우리도 놀라서 그럴 리 없다고, 그 댁 남매분은 정말 좋은 분이라고 말했어요. 그랬더니 키울 가치도 없는 잡종을 데려갔으니까 틀림없이 돈을 받았다는 거예요. 사룟값이 평생 드니까 그게 당연하다고요. 게다가 그 사람들, 선생님 댁이 돈을 두둑이 받고 개를 데려갔다는 소문을 퍼뜨리고 있어요."

'남매분'이라는 단어에 속으로 반응하면서도 자신들이 부부 사이라고 이웃에 밝히지 않았으니,

"물론 멍멍이 사료를 받긴 했지만요."

라고 대답할 수밖에 없었다.

"그래도 우리는 잘 알고 있어요. 멍멍이와 고양이를 진심으로 생각하셔서 데려가신 걸요. 그러니까 이상한 소문을 들어도 너무 심란해하지 마세요. 우리는 정말 잘 알고 있으니까요."

부인이 안타깝다는 표정을 짓더니,

"그럼 가볼게요."

하고 고개를 숙이고 떠났다.

일을 마치고 돌아온 오사무에게 저녁을 먹으며 그 이야기를 하자,

"왜 그런 소문이……."

하고 젓가락을 쥔 채 침묵했다.

"그러니까. 만약 돈을 받았더라도 그 사람들과 무슨 상관인지 모르겠어."

오사무는 한참 굳어 있었으나, 마음을 다잡았는지 다시 구운 채소 접시에 손을 뻗었다.

"그런다고 해도 아무한테도 이득이 안 될 텐데. 그런 사람들은 참 한가한가 봐요."

"이왕이면 뒤에서 쑥덕거리지 말고 대놓고 우리한테 '돈

을 받았죠?'라고 물어보면 될 텐데."

"대놓고 말하지 못하니까 뒤에서 그러는 거죠. 헬스장 고객 중에도 그런 분이 있잖아요."

"사람이 여럿 모이면 어김없이 그런 사람이 있지."

"타로짱이나 하나짱, 또 다른 아이들에게 피해가 없으면 돼. 그냥 둬도 될 거예요."

"그렇지?"

두 사람은 한동안 묵묵히 밥을 먹었다. 사토코가 그에게 '남매분' 이야기를 하자 그가,

"하하핫."

하고 작게 웃은 후,

"그보다 오늘 타로짱이랑 하나짱은 어땠어요?"

하고 물었다. 그래서 낮에 있던 이야기를 들려주자, 얼굴이 반짝 밝아지더니 기분 좋게 귀를 기울였다.

이어서 부부가 보이는 곳에 달라붙어 나른하게 누워 있는 타로와 하나코를 보고 말을 걸었다.

"오늘도 재밌었구나? 잘됐다."

그러자 둘이 벌떡 일어나 다가오더니 타로는 오사무 옆

에 앉고 하나코는 무릎 위로 올라갔다. 타로가 오사무의 무릎 위에 코를 얹으려 하자, 하나코가 발톱을 감추고서 타로를 향해 고양이 펀치를 날렸다.

"이런, 하나짱. 그러면 안 되지!"

부부가 동시에 하나코를 혼내자, 하나코는 '흐응' 하는 표정을 짓고 앞발로 얼굴을 비볐다.

"타로짱, 괜찮니? 놀랐지. 미안해."

타로는 어리둥절했지만, 부부가 다정하게 말을 걸자 좋아서 꼬리를 쳤다.

"타로짱은 정말 성품이 훌륭하다니까. 아이, 착해."

오사무가 타로의 머리를 쓰다듬었다.

"하나짱도 고양이다워서 아주 장하고."

그러면서 하나코의 머리도 쓰다듬어서 사토코는 웃음을 터뜨렸다.

"고양이는 원래 그렇잖아요."

당연하다는 듯이 말하는 그를 보며 사토코는,

"그야 그렇지만."

하고 쓴웃음만 지었다.

저녁을 먹은 후, 오사무는 다다미 위에 벌러덩 누워 텔레비전의 개그 프로그램을 봤다. 오른쪽에 누운 타로, 왼쪽에 누운 하나코에게 팔베개를 해주면서. 두 마리 모두 배를 벌러덩 보인 자세로 누웠다. 깎은 사과를 접시에 담아 들고 온 사토코는 눈 앞에 펼쳐진 힘이 쭉 빠지는 그림에,

"너희 뭐 하는 거니? 편해도 너무 편한데?"

라고 말을 걸 수밖에 없었다.

"이대로는 못 먹어."

곤란해하는 오사무에게 사토코가 포크로 사과를 찍어 먹여주었다.

"응, 맛있다."

도대체 나는 뭘 하는 걸까, 사토코는 자신이 조금 한심했다. 무방비하게 배를 드러낸 개와 고양이. 아이들에게 팔베개를 해준 연하 남편. 남편이 벌린 입에 사과를 넣어주는 자신.

'좀 이상하네.'

그렇게 생각하면서도, 무방비 상태로 벌러덩 누운 셋을 보면 도저히 비키라는 말을 할 수 없었다. 타로에게도 하나

코에게도, 또 지쳐서 돌아온 오사무에게도 최고로 행복한 시간일 테니까.

오사무가 사과를 다 먹자 사토코도 바닥에 앉아 텔레비전을 보며 사과를 먹었다.

"하하하."

연예인의 개그에 부부가 웃어도 팔베개를 한 두 마리는 꼼짝도 안 했다.

"으윽, 조금 저린다."

한 시간쯤 지나자 오사무가 하소연했다.

"피가 안 통하는 것 같아요."

"주먹을 쥐었다 폈다 해보면 어때?"

사토코가 말하자, 그가 심각한 표정으로 손을 쥐었다 폈다 했다. 아내가 아무렇게나 한 조언이라도 아무 의심 없이 따르는 면이 연하 남편의 장점일지도 모른다. 사토코가 살그머니 타로의 얼굴에 귀를 대보니, 작게 코를 골고 있었다. 이번에는 하나코 쪽에 다가갔는데 이쪽도 깊이 잠들었다.

"이대로는 한동안 안 깰 것 같아."

사토코가 조용히 말했다.

"억, 진짜? 큰일 났네. 어쩌지."

"슬슬 욕조에 물도 데워지는데. 앞으로 삼십 분이나 한 시간은 못 일어날 것 같은데? 하나짱은 두 시간마다 잠에서 깨니까 그때까지는 불가능해."

"으음, 곤란해."

그는 곤란하다는 소리를 연발하면서도 억지로 일어나려고 하지는 않았다. 잠시 후, 하나코가 배를 보인 자세를 바꿔 옆으로 눕는 틈에 살그머니 팔을 빼려고 했는데, 잠결에 두 발로 오사무의 팔을 눌러 움직이지 못하게 막았다.

"어라라?"

오사무가 묘한 소리를 내는 바람에 사토코는 또 웃음이 터졌다. 하나코는 포기하고 타로 쪽을 도전해 봤으나, 이쪽도 마찬가지로 잠든 채 팔을 꾹 눌렀다.

"안 되겠네."

너무 맥빠진 소리여서 사토코는,

"아하하하!"

하고 크게 웃었다.

"텔레비전보다 재미있어."

"에이, 그런 소리 말고 어떻게 좀 해 줘요."

"둘 다 아주 잘 자는데?"

"대단해요, 숙면이야."

"안심한 거야. 그러지 않고서는 이러지 못하지."

사토코가 마음을 담아 말하자, 오사무가 기뻐했다.

'어이, 해결 안 할 거야?'

누운 그를 바라보며 쏘아붙이고 싶었지만, 너무 행복한 표정으로 누워 있어서 심한 말은 못 했다. 대신 사토코는,

"이를 어쩌담. 방법이 없네?"

하고 중얼거리며 다 먹은 접시를 정리하러 갔다.

그러자 뒤에서 오사무의 목소리가 들렸다.

"얘들아, 아빠는 말이지, 이제부터 목욕하러 가야 해. 그리고 내일 출근하려면 자야 하거든. 잘 때는 평소처럼 다 같이 잘 수 있잖아? 그러니까 지금은 잠깐만 일어나 줄래?"

저 아이들이 그런 말을 들을까? 사토코가 내일 아침밥을 준비하며 상황을 지켜봤는데, 그러면 그렇지 여전히 묵직하게 누워 있다. 준비를 마치고,

"억지로 떼어놔야 하는 거 아니야?"

라고 말을 걸며 방을 들여다보자, 오사무는 두 팔을 개와 고양이에게 팔베개로 바친 채 쿨쿨 자고 있었다.

'정말 뭐 하는 거람.'

사토코는 기가 막혀서 복도에 오도카니 섰다.

"잠깐, 그러고 자면 안 되지. 얼른 일어나."

말을 걸자 귀찮은 듯이,

"으응."

하는 대답이 돌아왔다.

"계속 그러고 있어도 나는 괜찮지만. 그럼 나 먼저 목욕할 거야."

"그래요~."

사토코는 그의 힘없는 대답에 발끈해서,

"그래, 알았어."

하고 대답했다. 평소 같으면 오사무가 먼저 목욕했겠지만, 오늘은 사토코가 먼저 잠옷 등을 챙겨서 욕실로 들어갔다.

"뭐람, 저 사람? 타로쨩과 하나쨩을 깨우는 건 미안하지만, 나도 매일 할 일이 있으니까 어쩔 수 없잖아. 뭐냐고, 사과까지 먹여달라고 하고. 조금은 남편으로서의 자각이나 주인다운 단호한 태도를 보여줘도 되잖아."

몸을 씻으며 투덜투덜 불만을 늘어놓았다.

삼십 분쯤 지나 욕실에서 나와보니, 오사무와 타로와 하나코는 여전히 내 천 자를 그리며 자고 있었다. 타로와 하나코는 귀엽지만 가운데에서 넋 나간 표정으로 자는 오사무를 보니 또 화가 치밀었다.

"이보세요, 욕실 비었습니다만?"

대답이 없다. 푹 잠들었나 보다. 하긴, 개와 고양이가 몸을 붙이고 잠들면 잘 생각이 없더라도 점차 눈꺼풀이 무거워진다. 그거야 충분히 이해하지만 '꼭 지금 그래야겠어?'라고 매섭게 쏘아붙이고 싶다. 그러나 천진난만하고 무방비하게 내 천 자로 잠든 인간, 개, 고양이를 보니 분노는 곧 포기 섞인 한숨으로 바뀌었다. 오사무의 몸에는 담요, 타로와 하나코에게는 배가 차가워지지 않도록 손수건을 덮어주었다. 그래도 셋은 깨지 않는다.

'절대로 안 일어나겠네……'

사토코는 방 한쪽에 앉아 텔레비전을 보며 셋이 깨기를 기다리는 수밖에 없었다.

아이 없는 부부와 고양이

1판 1쇄 인쇄 2022년 9월 14일
1판 1쇄 발행 2022년 9월 27일

지은이 무레 요코
옮긴이 이소담

발행인 양원석 편집장 차선화 책임편집 이슬기
디자인 정세화, 김미선 영업마케팅 윤우성, 박소정, 정다은, 백승원

펴낸 곳 ㈜알에이치코리아
주소 서울시 금천구 가산디지털2로 53, 20층 (가산동, 한라시그마밸리)
편집문의 02-6443-8916   도서문의 02-6443-8800
홈페이지 http://rhk.co.kr
등록 2004년 1월 15일 제2-3726호

ISBN 978-89-255-7748-7 (03830)